誕生

JN281982

長男・伸晃さんが生まれた時、早逝した父のことを思い出したという。

四人の子

（伸晃さん）ペットのアラジンを可愛がる伸晃さん。
十五歳の頃、東京の自宅にて。
（良純さん）家族で瀬戸内海を旅した折のフェリーで。
良純さん、十二歳。後ろは宏高さん。

（**宏高さん**）東京の自宅でお絵書きをする宏高さん。七歳の頃。
（**延啓さん**）式根島の家族旅行でヨットに乗る延啓さん。五歳の頃。

父と弟

慎太郎さん二十三歳、裕次郎さん二十一歳。
自宅近くの岩床を散歩する二人。

昭和十一年、転勤先の小樽にて撮影された記念写真。右端が当時四歳の著者。

海は兄弟の「絆」だった。
慎太郎さんと裕次郎さんが愛したフィン（小型艇）の上で。

成長

ネパールのカトマンズにて。この後に訪れたカンボジアのホテルで、伸晃さんは恐怖の数時間を過ごす。（第三章　子供たちの災難）

（右） 良純さんの「競争意識」を捉えたブランコでのショット。
（第四章　兄と弟の関わり）

（左） 宏高さんは、石原家と親交のあった故ベニグノ・アキノ氏の亡命先であるボストンに留学していた。（第十四章　息子との旅）

（上）「叔父さん」こと、石原裕次郎さんのベンツに腰掛けご機嫌の伸晃さん（九歳）と良純さん（五歳）。

（中）テニスの後、家族でお酒を楽しむ。なんとも嬉しそうな笑顔が印象的！

（下）伊豆の沖での、伸晃さんと良純さん。伸晃さんの表情は船酔い？（第十一章　海に関するわが家の系譜）

環

平成二年の正月に伸晃さんと良純さんを交えて。
子供たちの成長とともに石原ファミリーの絆はいっそう強まり、
この後、家族の環はどんどん広がっていった。

子供あっての親
——息子たちと私——

石 原 慎 太 郎

幻冬舎文庫

子供あっての親

——息子たちと私——

目次

第一章　存在の環

長男の伸晃《のぶてる》が誕生した折のことを、今でもよく覚えています。

その日の朝、前夜遅くまで書き物をしてまだ眠っていた私を母が起こし、朝方無事出産が終わったこと、赤ん坊は男だったことを教えてくれました。

早速顔を洗って駆けつけた逗子《ずし》の産院で初めてのわが子を眺めた時、私は不思議というか、ごく自然に父親が死んだ時のことを思い出していました。そして、

〝ああ、これでまた確かに環《わ》が一つ繫《つな》がったな〟

と思った、というより強く感じていました。

それは私と父の関《かか》わりに加えて、こうして初めての息子が誕生したことで、自分が間違いなくある大きな人間の環の繫がり、それも父を超えて父の父、そのまた前の前の先祖たちと繫がってい、過去からこの私を経て、さらにこの息子を通じ遠い将来に繫がっているのだという確信、というよりも強い実感でした。

父はかねてからの高血圧を押して社業に励み続け、揚げ句に出向いた先の汽船会社の社長室での会議の途中に発作を起こして昏睡《こんすい》し始めたそうです。周りは父の過労を知っていたので、疲れ果てての居眠りと同情して放置して眠らせ、外での昼食から戻ってきてみて眠りながら嘔吐《おうと》していた父の様子がおかしいというので慌てて医者を呼んだがもはや手遅れでした。

当時世間を騒がせた造船疑獄で上役の多くが逮捕起訴され、重なって仕事を被《かぶ》せられ、案じる私たち家族に仕事で死ねば本望だと嘯《うそぶ》いて励んでいた末の、いわば戦死のような死に様でした。

部活動で学校に居残り定時より遅く駅に降りて歩いて帰宅していた私を、お手伝いさんが途中まで出迎えにきて知らせ、母と弟がもう先に東京に駆けつけたので私も急いでということで、そのまま鞄《かばん》を彼女に預け電車賃を渡されてまた電車に乗りなおしました。

東京に着いた時にはもう日も暮れており、ようやく駆けつけた社屋の玄関に見知りの父の部下が待ち受けてくれていて、私を見るなり、

「慎ちゃん、残念だった」

肩に手を置いて告げました。

会社の一室に寝かされていた父の遺体にかがみこみ、確かめるように父の頰《ほお》に手を触れてみました。今は氷のように冷たくなった父の肌の上に朝から伸びた髭《ひげ》がざらついて感じられた瞬間、なぜか父がもう間違いなく私が今いるのとは違う位相の世界にいってしまった、父は死んでしまったのだと覚り、それまでの緊張が解けたように涙が溢《あふ》れてきました。

そしてその涙とは裏腹になぜか強い確信のように、自分と父の関わりは決してこれで終わってしまったのではない、そんなことは絶対にあり得ないのだと、自分にいい聞かす、というより、突然そう信じていたものだった。

私が仏教について学びだしたのはもっと後のことですが、私があの時感じたことは、お釈迦《しゃか》様が説いた人間の存在についての哲学の心髄に在《あ》るものと、ほぼ同じものだったと思う。

遺伝子の伝播《でんぱ》などということではなしに、子供と私の関わり、子供と私以前の祖先の人々との関わり、さらには子供と、私がこの目では見定めることの出来ぬ子供たちの子孫との関わりというものが、今では私にはますます強く確かなものとして感じられます。それは絵に描いたり言葉を綴《つづ》って説明は出来はしないが、しかし何といおう、ある強い実感なのです。そしてその実感が正しいということを如実に証《あか》してくれているのが、息子たちだと思います。

自分でもわかっていますが、私は実に行き当たりばったりの人間で、その事例の最たるものが結婚でした。結婚の相手はいわば幼馴染《おさななじ》みで、長じて相思相愛とはなったが、こちらは父親が急逝し、一応大学には進めたが、弟は大学に行きながら父の遺《のこ》したお金を勝手に持ち出して東京での放蕩三昧《ほうとうざんまい》でほとんど家には帰らず、この後、家がどうなるか全くわからぬありさまだった。

相手の方は、父親は彼女が生まれてくる前に支那事変の激戦地ウースン・クリークで小隊長として戦死し、母親も数年前に亡くなって親戚《しんせき》の家に兄妹して引き取られている境遇でした。

結婚を決意した私といえば、二つ目の小説『太陽の季節』で、その夏に第一回「文學界新人賞」をもらってはいたが、そんなものでこれから物書きとしてはたして立っていけるかどうか皆目見当もつかぬ頃でした。一応就職しなければと、仕事を持つなら映画監督が良かろうと東宝の助監督の試験を受け合格はしていたものの、承知はしていたが、当時の映画監督の助手などという仕事は、世の中で一番過酷で一番薄給の身分でした。

それでも、まあなんとかなるだろうと結婚してしまったものです。結婚の寸前に芥川賞をもらうことになりはしたが、当時は芥川賞なるものも今ほどの社会的事件でありはしなかった。かくいう私が二十三歳の若造で賞をもらったということでその後にわかに評判となりはしたが、私の時までは授賞式なんぞも文藝春秋社の応接間で乾杯しただけで終わりでした。

大体、授賞式が結婚式の翌日で、新婚旅行の出先からわざわざ戻ってまで出るか出ないか、ある出版社の先輩に相談したら、「せっかくのことだし、一応出ておいたら」というくらいのことで、旅行先を近場の伊豆山《いずさん》にしたほどです。

まあその後、いわゆる「慎太郎ブーム」なるものがやってきて、そのついでに、大学を落第し「もう勉強も嫌だし船員にでもなるか」などとほざいていた弟も映画俳優となりスターになりおおせて、わが石原家は破産破滅の低空飛行の危機から奇跡的に上昇脱出出来た次第だった。今思い返してみると、つくづくゾッとさせられます。

私は幾多の素晴らしい先輩に恵まれてきましたがその中でも最たる人は、私の大学時代にブームを巻き起こしていた伊藤整《いとうせい》氏で、私が物書きとして世の中に出るために有形無形いかに多くのものを伊藤氏に負うていたかはすでに物にも書きました。

その伊藤さんがある時私に、

「石原君、君は今とても良い人生の機会の中にいるんですから、小説だけじゃなしに興味のあることはなんでもやっていったらいいんですよ。それでいかに失敗しようと、君は小説家なんだから、それで傷つくことなんか絶対にありはしない。なに、何かで失敗したら、どうして失敗したかをそのまま書けばいいんですからね」

と、いってくれたものでした。

これはなんともしたたかな素晴らしい忠告、というより教訓で、私はそれを密《ひそ》かに肝に銘じ、以来いわれた通り、シナリオ執筆とかその映画に出演とかなんだとか、普通作家がやらないようなことを向こう一年は勝手気ままにやってみて、一年たったらすぱっと止《や》めてしまい、念願の長編小説にとりかかろうと心に決めていました。

長男の伸晃はその飛んだり跳ねたりの一年が終わった頃、この世に生を得たことになります。

それにしても最初の子供だったせいで、父親としての思い入れは後に続いた三人の息子たちとはずいぶん違っていたような気がします。私自身にとってもいわば処女体験のようなものだから、例えば赤ん坊の頃の子供を私が抱いてあやしたなどという記憶は伸晃についてしかありはしません。後はもう完全に家内まかせ、そして元気だった私の母親まかせでした。

いつか、なんの都合でか家に誰もいなくなった折、家内にいいつかっていたミルクを飲ました後、彼を腕に抱いて寝かしつけたことがあります。

その時ごく自然に自分が古い子守歌を歌っているのに気づいて、我ながら驚いたのを覚えています。歌の文句は最初は、「ねんねんころりよ、おころりよ、坊やはよい子だねんねしな。坊やのお守りはどこへいった。あの山越えて、里へいった」なるものだったが、「里の土産に何もろた、でんでん太鼓に笙《しょう》の笛」と歌い終えてさらにごく自然に、「ねんねんねこじまの、やぐら乙女」云々《うんぬん》と、今ではもうとても思い出せぬ文句が出てきて自分で驚きながら、なるほどこれは親としての本能が、自分がかつて赤ん坊として蒙《こうむ》った親の恩を思い出して蘇《よみがえ》ってのことかと痛く感じいったものだった。

ともかくも最初の子供というのは親たちにとってもよろず初めての体験であって、何事もおずおずと手がけたものですが、今になって改めて、同じ屋根の下にすでに育児の経験のある新米の親たちのさらに親が一人でもいてくれるというのは物凄《ものすご》く有り難いことだったと思います。私たちの場合は私の母親ですが、それが仮に私の、あるいは家内の父親だったとしても若い夫婦二人でいるのとは雲泥の差に違いない。それは若い夫婦にとってと同時に、生まれたばかりの子供にとってもいっそうのことに違いない。場合によっては子供自身の生命の安危に関わりもするのですから。

ということを、最近の若い親たちが一緒に住むのを敬遠して二人だけで生活し、子供が生まれてあっぷあっぷしているのを見れば見るほど感じさせられます。

私が都知事になる時の公約の一つに、年間三百六十五日、毎日二十四時間開いている都立の緊急病院の開設がありました。それを思い立った理由は、かつて大平内閣の時、大平首相が選挙の最中に過労で倒れ都内の某大病院に担ぎこまれたが週末のせいで担当専門医が間に合わず適切な処置が遅れたために、一国の総理大臣が病院にいながら手当てが足らずに死亡したことでした。その信じられぬ出来事に鑑《かんが》み、少なくとも首都の東京にはアメリカのテレビドラマ『ＥＲ緊急救命室』の舞台にまでなっているような病院をいくつか作ろうと思いつきました。

現在主な三つの都立病院にＥＲは設置されていますが、最初のＥＲが開始された時思いがけぬ事態が起こったものでした。それは、そう聞いて深夜病院に殺到してくる急患のほとんどが若い母親で、患者は彼女たちの幼い子供、それも突然に熱を出したというほどのものだが、育児に慣れぬ、というより無知に近い母親たちはすっかり動転してしまい子供を抱えて飛びこんでくるという体《てい》たらくだった。

二十四時間在勤のＥＲとはいえ、それはあくまで緊急の重症の患者たちのためのものので、家で売薬を与えてもすむような子供の発熱に、慣れぬせいで未熟な親が動転してその度飛びこんできては医師の方もたまったものではない。ということで急患用の医師が応対する前に他の医師なりがまず事前に判断して、ＥＲとして対応の必要の有無を判断するトリアージ方式（災害などの際に現地に赴いた医師が緊急の処置の必要の有無を、三段階で識別判断し被害者の搬送を決める）を適用することにしました。

皮肉な話でERを初めて設置してみて、世の若い母親なるものが育児に関して無知故にいかに危険なものであるかを改めて知らされました。

しかしこんな事態は彼女たちの家庭が三代にわたる構成ならば、祖母なり祖父なりの知恵、とまでいかなくとも経験に照らして相談すればその大方は家庭にあってすむことに違いない。

この頃の若い夫婦たちは結婚の条件の一つに年寄りと一緒に住まぬことを構えるそうだが、いろいろその理由もあろうが、それはやがて生まれてくる子供たちにとってはいざという時の危険にさえ繋がる、せっかくの経験と知恵への依頼を放擲《ほうてき》することでしかない。昔から嫁と姑《しゅうとめ》の確執はいわれるところでしょうが、それでもなお、お祖母《ばあ》ちゃんの知恵というものはたいそうなものだということを知りなおすべきに違いない。

私の息子たちのしつけ育成に関してもどれほど祖母の存在が大きかったことか。幼児は始終熱を出します。昔はそれを知恵熱と称してあまり問題にしなかったが、それはそれで危うい話で、子供の知恵熱なるものは、この世に数多いさまざまなウイルスに子供が新規に感染してする発熱のことで、ものによってはそう簡単にすますことの出来ぬものもあります。その判断はやはり経験によるしかない。

私の家での育児に関して印象的だったのは、ある時四男が突然発熱し、かなりの高熱となりました。家内が母親に見せて相談し、母もこれは医師にいくなり呼ぶなりした方がいいと忠告してくれたが、このぶんだと間もなく引きつけを起こすかも知れないから、それに備えて割り箸《ばし》にガーゼを巻いて、いざという時口に差しこんで自分で舌を嚙《か》んだりしないようにしなさいということでその準備をしていたら、はたせるかなさらに熱が上がっていき見る間に子供が痙攣《けいれん》し引きつけを起こしました。

しかしあらかじめいわれていたので家内も慌てず、子供の頬をたたきながら用意していたものをくわえさせことなきを得たものです。あの時は側《そば》で心配していた私も、いたいけない子供が手足を痙攣させ引きつけるのを見て驚きましたが、傍らに自分を育ててくれた母親がいて指図することで取り乱すことなくすみました。世にいわれている通り、「亀の甲より年の劫《こう》」だとつくづく思いました。

あれが二人だけでいる当節の若い夫婦だと、肝を潰《つぶ》しての大騒ぎとなるに違いない。

無知な母親は子供の引きつけを目にして、わが子が死んでしまうのではないかと仰天しての救急車ということにもなりかねまい。

私にとっても初体験の長男の育成に関して今でも印象的で、何も知らずにいる長男に代わって感謝しているのは、初めての子供によくある、誕生後間もなくして、子供の頭一面に分泌《ぶんぴつ》が始まり黄色く浮き出した膿《うみ》のようなものが濃く厚いカサになってこびりつく惨状についてでした。私たち夫婦とも驚いて心を痛めたが、母は、これは初めて子供を産んだ母親の胎毒を子供が背負って生まれてくるせいで、何の心配もないが、これを何か薬で封じようとすると自然の排出が妨げられて内向してしまい、極度の鼻詰まりとかノイローゼとか将来違った形で強く表れてくるのだと教えてくれました。

故にも一時期の憐憫《れんびん》に駆られて余計な措置などせずに、赤ん坊はまだ痛い苦しいをそれほど強く意識せぬ状態にあるのだから、その間は気長に吹き出物が出る度オリーブ油のような無害な溶液を塗って我慢強く少しずつはがしてやればいいということで、暇な折々家内や母親が赤ん坊の頭の掃除をしてやっていました。結果、半年ほどの内に子供の吹き出物は出きってしまって頭は綺麗《きれい》になっていった。そして大きく育った後々、子供に何の後遺症も見られずにすみました。

母親のいったことがつくづく正しかったと納得させられたのは、後年政治家となって最初の入閣で環境庁担当の国務大臣となった折、当時公害の典型として評判になっていた水俣《みなまた》病の問題で、胎児性の水俣病の患者、つまり母親の胎内にある期間に母親が有機水銀中毒となってやがて生まれた子供は、胎内で水銀に中毒し障害を負って生まれてくるのに、妊婦の母親の方は水銀の毒がすべて胎児に吸収されたために水銀の障害を被《こうむ》らず、全員障害を被った家族の中で唯《ただ》一人五体健全のままでこられたという事例を目にさせられたことででした。

しかしそのはるか以前に、私の母親は何によってか、初めて妊娠した母親の赤ん坊が、母体に既存する毒素を吸収して生まれてくることを知っていたのです。これを年寄りの知恵といわずして何というのだろうかとつくづく思わされたものでした。

故にも、子供のしつけ育成に関して三代が一緒に住む家庭の優位さ、それも生まれてくる子供たちにとっての有り難さをつくづく覚らされたものです。

最近何かの機会に家内が、今誰に一番会いたいかと問われて、亡くなった私の母にと答えていましたが、それは子供たちの育児に関して得がたいものを教わった者としての真摯《しんし》なオマージュだと思います。

第二章　幼稚な親

私は四人の息子に恵まれましたが、別に家族の構成について考えたことなどありはしませんでした。

私自身が二人兄弟だったためにただ安易に男の子が二人生まれることを想定して、それぞれの子供に、懐かしい日本神話の『海幸山幸《うみさちやまさち》』伝説にちなんで海彦、山彦と名づけるつもりでいたが、ある時母の親しいお花の先生に話したら彼女が手元の紙に書きなおして眺め、これはたいそう良くない名前だという。

訳が何だろうと子供の名前は決して安易につけるものではない、良くない名前を与えられた子供は一生それに祟《たた》られてろくな目に遭わないといわれました。そして、彼女の知己の有名な姓名学の先生がすぐ近くの七里《しちり》ヶ《が》浜《はま》に住んでいるからいつでも紹介すると。

長男が生まれた時それを思い出し、勝手につけた名前のせいで一生子供に苦情をいわれたらかなわないから、彼女に案内を請うて件《くだん》の先生のところへ出かけていきました。

中島舟景《なかじましゅうけい》という知る人ぞ知る人物でしたが、自慢の、しかしスローモーションのごとき剣の居合いを見せられた後、姓名に関する蘊蓄《うんちく》を聞かされました。

曰《いわ》くに自分はこの学問を京都のさる高僧から教わったが、最初は自分自身も大して信じてはいなかった。その後徴兵され士官となって北支那の激戦地に派遣され、昇進して中隊長となったが、激戦の最前線なので周囲に戦死者が多い。しかし、戦況を鑑みるに死ぬべき兵隊が生き延びたり、思いがけぬ者が戦死していく。これはどういうことかなと思い、かつて習った姓名学を当てはめ調べてみるといかにも名前の悪い兵隊ほどよく死んでいるし、良い名前の男はかろうじて生き延びもする。

補充兵が何人か来て、ちなみにその名を判読して眺めていると、名前の悪い者ほど先に戦死してしまう。補充兵の運命に関する隊長の予言があまりに当たるので、周りの者たちが気味悪くなって、前線で彼に頼んで改名する者が多かったと。

どこまで本当の話かわかりませんがさらに続きがあって、敗戦の後京都のさる女学校の漢文の先生となったが、そこでも卒業していく生徒たちの名前を分析して占うと、卒業後の結婚の良縁悪縁、子宝、不妊等も名前の分析通りに現れてくるそうな。

ふむ、なるほど、と首を傾《かし》げていた私に曰く、姓名学の根拠は要するに統計だと。さまざまな名前と、その名を負うた人間たちの人生の推移結末を併せて分析分類した、膨大な経験の堆積《たいせき》に依《よ》る統計学だそうな。なるほど、そういわれればそういうことなのかも知れない。

で、生まれたての長男の命名は、人類の歴史に鑑みた姓名に関する統計学を信じ、いや信じるも信じぬも統計は歴然たる数値としての事実なのだからと判じて、中島先生に依頼することにしました。

ちなみに我々兄弟二人の名前も、父が何をどう信じてか、私たちはあずかり知らぬ父のある先輩の姓名学に詳しい人物に頼んでの命名だったそうな。そして、父の死後二人ともなんとか世に出られたのだから、我々の命名は良きものだったに違いない。結果論かも知れぬが後々よく人からもそういわれもしました。

で、長男の名前は「伸晃」と決まりました。二つ目の「晃」をアキと呼ぶかテルと呼ぶか二通りあるが、それは親の好みで決めよと。私はなぜか言下に、「テル」と呼びますと答えた。子供の頃明日の天気を願って本気で愛唱した「テルテル坊主テルテル坊主」の影響があってだと思う。私としては今でもその選択に満足しているし、息子自身もそうだと思っています。

その後五年おいて次男、さらに二年ずつおいて三男、四男と続いて生まれたが、いずれも統計学にあやかって中島先生に命名を願い、先生自身にいわせるとどれもいささか坊主臭い、「良純《よしずみ》」「宏高《ひろたか》」「延啓《のぶひろ》」とあいなりました。

長男に始まって四男までいずれも人生の軌道を外れず大過なく育ってきたのは、統計を踏まえた命名のお陰もあったのかも知れません。

いずれにせよ私は四人の男の子持ちとなりました。他人は四人の男の子をよくもまあとか見事にとかいってくれますが、これもさしたる計画あってのことではなくて、天からの授かり物というよりない。

いつか親しかった作家の五味康祐に選挙区の婦人の支持者向けの講演を頼んだら、その風貌《ふうぼう》や衣装からして常人離れした彼が素人《しろうと》相手にすっかりいい気になって、酒席でよくする、本気か冗談かわからぬ人相と易《えき》の談義にまで発展してしまい、

「石原君は、易からいっても人相からいっても男の子供しか生まれない。もし女の子

が生まれたら、それは奥さんの浮気に決まっている」

などとのたまってみせたが、四人とも男の子ということには私にも家内にも知れぬ、目には見えぬなんらかの根拠があるのかも知れません。

五味康祐の怪しげな論などよりも、いつか対談した、日頃その著書を愛読しさまざま啓示を受けている動物行動学者の竹内久美子《たけうちくみこ》さんにちなみにと尋ねてみたら、彼女も言下に私には男の子供しか生まれないといったものでした。

その理由は彼女自身が説明は難しいといっていたが、私の家は屈指のシンメトリー家系だそうな。人間の体は本来左右完全に対称に発達するようにプログラムされているのだが、伝染病とか寄生虫とかにやられてシンメトリーに発達しない。女は本能的に、それに対する抵抗力の強い男を選ぶのだそうです。しかし家内はそう見こんで私と結婚した訳ではないだろうけれど。

それから私が左利《き》きなのも、男性ホルモンのテストステロンが強い証拠だそうな、云々。

どうもよくわかるようなわからぬような御託宣でしたが、少なくとも五味康祐のいうことよりは信憑性《しんぴょうせい》は高いような気がしますが。

ともかくこの時世に、男四人の子供を備えた家庭というのは珍しい存在とはいえるらしい。

しかし、他人が私の家をどう見るかは勝手だが、私自身は四人の男の子供を持って実にいろいろなことを感じ、覚えることが出来たと思います。それは最初に述べた、人間が次々に生まれて繋がっていく、目に見えぬが確かな環の面白さというよりない。

それぞれの子供は、それぞれ私と家内の血を分けた存在だからある部分当然私によく似ている、かつまた家内にも似ている。しかしやはり私自身にとっては、彼等のどの部分が私に似ているかということが他の誰よりもよくわかります。そして彼等がどこで母親である家内に似ているかということよりも、どこが私に似ているかの方がずっと興味深いし、気にもなる。

と同時にそうした類似点は、相対性という点においては、他人の目の方が私よりも微細な点で正確に気づき捉《とら》えるということも多々あるに違いない。しかしただ眺めてではわからぬ内面的な何か、形に関わりない、しかしあるとても大事な何かについては私にしかわかりはしまい。

私自身は父や母にいろいろなものを負うてはいますが、自分のどこが父や母に似ているかということを多少は心得ているにせよ、それがそう気になるものではありません。がしかし、親としてどの子供のどこが実は自分によく似てしまっているかにはつくづく興味があるし、とても気になります。

物書きのせいか、私には自分以外の人間を眺める中で一番面白くつくづく不思議でもあるのは何よりも子供たちです。それは興味を超えて、あるときめきのようなものをさえ伝えてくれます。大袈裟《おおげさ》にいえば血の系譜、血の繋がりの妙味、不思議さともいうべきものに違いない。

長男が鎌倉の小学校に通いだしてから、後にも先にもたった一度だけ授業の参観に出向いたことがあります。ところが私がやってきたのを知った伸晃が授業中なのに私に振り返って手を振ったり、何の必要あってか、周りの仲間に私を指さしてあれが自分の父親だと説明したりする。さらに先生が何かいうと、問われもしないのに仲間を差し置いて勝手に手を挙げ立ち上がって答え、私に振り返ってみせる。

周りの参観者は苦笑いでいるがこちらはなんとも気恥ずかしく、よほど近づいていって注意をしようかと思ったら担任の女の先生が、「石原君、静かになさい」とたしなめてくれたがそんなことでは一向に止まらず、注意した先生に、「わかってる、わかってるってば」と逆にたしなめる体たらくで、こちらはますます居づらくなり教室から姿を消してしまった。そんな私に、「あっ、お父さん、どこに行くのよ」と声まで かけてくる始末でした。

家に帰って家内にいったいあの子はどうしたものだと報告をしたら、家内は、「あなたが珍しくも来てくれたんで、よほど嬉《うれ》しかったんでしょうよ」と大して気にせぬ様子で、密かに顧みるに、どうも私自身も幼い頃ああした気配が無いでもなかった。仲間内で上級生を気にもせず、しなくてもいいお喋《しゃべ》りや突っ張りをして目だっていた節がありました。

政治家はパフォーマンスも必要といわれるが、私も長男も政治家としてのいささかの悪《あ》しき資質が子供の頃からあったのかと首を傾げたくなる。

顔や体つき、その他の肉体部分についての親子の類似は外観だけに納得し易《やす》いが、それでも遺伝の不思議さを知らされることが多々あります。

私も弟も父親も従兄《いとこ》もみんな私の方の家系は髪の毛が濃い方だが、私の息子たちは思いがけなくも四十前にして額が上に広がり、いささか髪の毛の心配を口にしだしている。聞くところ家内の父親は陸軍少尉で戦死した頃すでに三十前にして髪の毛はかなり薄かったそうです。

私も家内も、私の両親、兄弟、彼女の両親、兄弟みんな二重瞼《ふたえまぶた》なのに四男だけはわが家では珍しく一重の瞼でいます。そのせいか韓国人の多い東京の赤坂あたりで、何度となく、多分日本に来たての韓国人から道や店を尋ねられいきなり向こうの言葉で話しかけられるという。

いつか彼がまだごく幼かった頃、家で瞼の違いが話題となり、私が冗談に、「そうなんだよ、実はお前は橋下に捨て子にされていたのを、かわいそうなんで俺が拾って帰ってきたんだよ」といったら彼は物凄くショックを受け、兄たちからもそれをいいことにからかわれたりして、ある時勇を鼓して母親に真偽を確かめるまで不安に落ちこんでいたそうな。

後年、親のくせに冒した悪い冗談を当人からかなり本気で咎《とが》められ、遅まきながら、感じ易い子供心に鈍感なふつつかな親としては大いに反省させられました。そしてそれでようやく、児童心理なるものが心理学の中で、カテゴリーとしてわざわざ一枠もうけられている所以《ゆえん》を覚らされたものです。

育児もしつけも、たとえ身近に一世代前の親を頂いてはいても、若い親たちにとっては試行錯誤の連続には違いない。

幼年期における二、三歳の年の差というのは、傍《はた》の大人たちから眺めれば同じ幼年の子供に見えようが子供たちにとってはかなりのもので、たとえ年上の子供が女、相手の年下が男だろうと、何かで子供同士のエゴが衝突した際、互いの肉体的格差は思いがけぬ形で表れてしまう。

長男の伸晃が幼年の頃、親しい従兄が向こうも初めての子供を連れて家に遊びにきた折、二つ年上の相手の女の子と彼が何か遊び道具の取り合いをして争った時、力でかなりの差のある相手がもぎとるはずみに彼を振り飛ばして、転んだ彼が机の角に顔をぶっつけて眉《まゆ》の下をかなり深く切ってしまいました。

所詮《しょせん》子供のいさかいでしかないが、私としては最初の大事な男の子の顔に向こう傷を記した相手がしきりに憎く、さりとて相手は親しい従兄の幼い娘。それをどうこらえていいのか自分でもわからず気持ちばかりが高ぶり、久し振りに再会した従兄がどうにも疎《うと》ましくてならずに悩んだものでした。

今でも傷は仲晃の目の上にうっすらと残っています。当人もおそらく相手もすっかり忘れていることだろうが、なお、親として長男に関してのいまだ忘れるに忘れられぬ記憶として残っています。というのもやはり、初めての子供への思い入れにかまけた親馬鹿の所以に違いあるまい。

がなお、私としてはいまだに思い出す度腹に据えかねる出来事なのだ。これが次男、三男のことになると、親としてもいささかの慣れでごく鷹揚《おうよう》でいられるのでしょうが。初めの子供ほど、親は親の初心として親馬鹿に陥りやすいということです。

まだもの慣れぬ父親として、今思い出すと微笑《ほほえ》ましくも親馬鹿の思い出があります。仲晃が小学校の二年生か三年生の頃、ある日まだ昼過ぎなのに彼が突然学校から帰ってきました。家内が留守をしていて私が迎えたら、涙をいっぱい溜《た》め情けなさそうな声で、「僕っ、首が折れたっ！」という。

首が折れたらこうして帰ってこられる訳はなかろうが、それでもその表情にたちまち驚かされて、慌ててタクシーを呼び見知りの外科に駆けつけました。

医師は自衛隊帰りの元軍医だったが、こちらも息子の言葉をそのまま取りつぐほどすでに慌ててはいませんでしたから、「どうも何かで首をひねったらしい」くらいの報告をし、医師もふんふんと頷《うなず》いて何やら注射をしてくれました。

多分ひねった首の緊張と痛みを緩める筋弛緩剤《きんしかん》だったのでしょう。そのまま病院を出て近くの駅でタクシーを拾いなおして帰ろうと二人で歩いていたら、突然息子が立ち止まり、

「ああ、お父さん、息が出来ないっ！」

と叫びだした。

路上で棒立ちとなり喘《あえ》いでいる息子を見て私は、医者が何か間違った注射でもしたのではないかと先刻以上に仰天してしまい、息子を背負いなおして今きた医院までまっしぐらに走りました。途中誰か見知りの人に声をかけられたのを覚えているが、答える余裕もなくおろおろと懸命に走り続けました。

再度走りこんだ医院で、順番の見境なしに診察室に飛びこみ、えらい剣幕でどうしてくれるんだと医者に食ってかかりました。

医者の方は迷惑そうで、また何やら注射をしてくれた。多分先刻の薬の逆の作用をするものだったろうが、私はなお心配で、促す医者のいうことも聞かずに様子を見るべく子供を抱いたまま居座ってその場から動かずにいました。

十分ほどし子供の呼吸がまともに戻ったのを見届け、子供を背負いなおして大通りを駅まで戻ったものです。

その途中でまた何人かの知り合いと出会い声かけられて、ようやく親子とも落ち着いていたので、私としては声高に今いってきた医院の医者がいかに粗雑乱暴で、息子が危うく殺されもしそうになったと話し、ぼろくそに医者の悪口を並べ立てたものでした。そうでもしないとこちらの気持ちが治まらなかった。

あいにく立ち話した相手の一人に件の医者の親戚がいて、その男が後で私のいったことをそのまま取りついでしまったようです。それを受けて医者からは何もいってこなかったが、その後なお落ち着いてつらつら思うに、あれは、まさかとは思いながら、帰宅してきた息子の最初の一言に私が動転しすぎた感がある。

大体、首の筋をちがえたくらいで首が折れたと報告する息子も息子だが、そう聞いて質《ただ》しなおしもせずにたちまち医者に駆けつける親も親で、医者にすれば一目見てアホらしい患者親子ということだったに違いない。

しかし息子にすれば、動かせば激痛の走る生まれて初めての首の筋ちがえだったろうし、それを見ただけで仰天したこちらの責任もかなりあった。がなお、息子から早退を訴えられて許した学校の先生なるものは、その子を見ていったい何を質しどう判断したのか、息子ははたして先生にも首が折れたといったのか。今さら教師に尻を持って行くつもりもないが、早退させた子供について家庭に何の連絡もないとはどういうことか。などといきまいても仕方ない話でしょうが。


しかしまあ思いなおせばなおすほど、もの慣れぬ親の早とちりで、あの時息子を背にして町中を走り回った自分が改めて気恥ずかしくなります。

いってみればあれがやはり幼稚な親としての本来の姿だったに違いない。今は何度か閣僚も務めている息子ですが、それを背にして、落ち着け落ち着けと自分にいい聞かせながら、慌てふためいて町の通りを右往左往していたかつての私は負け惜しみではないが、いかにも懐かしいし、馬鹿だが、そう悪い親ではあるまい。

第三章　子供たちの災難

親と子の関わりの中で、ある場合親の思いこみが実はいかにも一方通行で、子供たちにとってはどれほど迷惑極まりないものだったたか、この今になって覚らされることが多々あります。

子供たちがいい大人になってからの述懐の中で、実はあの時僕は本当は、といわれてこちらも低頭慙愧《ざんき》させられることがいくつもありました。私には女の子供がいないからわからないが、女の子供の場合でも、男とは形を変えままあることに違いない。

しかし私の場合にはやはり、私という親ならではのことに違いない。あるいはわが家に限って、わが家の家風のせいということかも知れないが、そうなればこれまたいっそう私の責任ということになりかねない。

逗子に住んでいた頃、最後に建てた家は披露山《ひろうやま》の中腹にあって、海も間近でさまざまな遊びの場にことかかなかった。ある時長男の伸晃をかたらって山に散歩に出かけ、こちらはサービスのつもりであちこち散歩の盲点のようなスポットを案内し教えた末に、当時はあまり人の通らぬ小さな沢を伝ってそこから海に出る小道を教えてやりました。

道の末端は、徳冨蘆花《とくとみろか》の『不如帰《ほととぎす》』の文学碑の立つ海辺に臨んだ、蘆花ゆかりの浪《なみ》子《こ》不動の横に出る坂道だが、当時はまだ披露山上の高級団地も開発されておらず、ろくな散歩道もなく道とはいえ未整備のものでした。

特に最後の坂道は階段も切られておらず、柔らかい水成岩の地肌を削った粗末なもので、大人の私にはさほどのものとも思われなかったが、小学校二年生の息子の目にはいかにも峻険《しゅんけん》な崖《がけ》に見えたそうな。

私としても二人して転落することのないよう、私が下になりいつでも彼を受け止めるつもりで、手で地肌の凹凸《おうとつ》につかまりながらいざるようにして下っていきました。

私はさして緊張した覚えはなかったが、ごく最近になって当人から、

「いやあの時僕は怖くって足がすくんでしまった。でも怖いというと必ず怒るだろう親父も怖くて、下の方は見ずに、ただただ足元だけ見つめて必死で降りたんだよ」

いわれて、なるほどそうだったろうなあと納得し、逗子の家にいった折眺めなおし

てみました。今は整地されたにしてもなお当時を思い返しながら見ると、身長百八十センチの私と当時はまだ小さかった彼とでは、急斜面に立たされて眺めた景観の印象は全く違ったものだろうと理解出来、慙愧したものです。

つまり大人の一人よがりの危うさは、実は子供にしかわからないことが多々あるという道理の遅まきの発見でした。

同じような過ちを私は次男の良純に対しても犯していました。

親の口からいうといかにもの親馬鹿となるが、良純というのは生まれた時から目立って可愛《かわい》い顔立ちの子供で、他の子供と目鼻立ちがかなり違っていて、わが家の家系の特徴をいい形に誇張して備えた感がありました。私の父親はインド系の顔をしていたがその系譜を継いでのことだったのかも知れない。

で、彼が幼稚園に通いだした頃私はよく子供自慢に彼をスポーツカーの脇のシートに乗せペットのごとく連れ回したものでした。ある時急に時間が出来たので近くのゴルフ場に彼を連れ出し、私一人でコースを回るのに同道させました。歩調が違うから当然私が手を引いて歩いたが、その内それでもつらくて彼がぐずって泣きだす。

歩き方に妙な癖があって、急がせると片方の靴がすぐに脱げてしまう。一々それを履きなおさせるのが面倒で、しまいに裸足《はだし》の方が気持ちよかろうと靴なしで引っ張って歩いたが、その内くたびれて座りこんでしまう彼を、最後は片腕で抱えて歩いたものでした。

今でも時折彼が、子供の頃の記憶であんなにつらいことはなかったというが、思いなおしてみるとかなり急な山坂のコースをワンラウンド、幼稚園の子供が大人のペースで歩き通すのはたいそうなものだったに違いない。

伸晃との散歩道での冒険と同じように、幼少の子供にしてみれば、その背丈で眺めるフェアウェイは気の遠くなるほど広漠としたものに違いなかったろう。

不慣れな父親としては、広々したコースに立たせて子供も大いに満足するだろうという思いこみでいたが、相手にすれば、なんとむごい仕打ちをということだったでしょう。

思い返してみれば北海道時代小学生の頃、弟と二人父に連れられ小樽《おたる》郊外の銭函《ぜにばこ》のゴルフ場によく出かけたものだが、プレイする父親と一緒に歩く退屈さに懲りて二度目からは弟と近くの小川や海岸で勝手に遊んでいました。そんな記憶は都合良く忘れ、妙な思いこみでこちらはせいぜいサービスのつもりではいても、肝心の子供と親たる自分の体格、体力の差に気づかずにことをするというのは、いかにも軽率の誹《そし》りを免れまい。

同じ、いやもっと深刻な恐怖を親として一方的に子供に与えてしまったことへの反省と慙愧を、やはり子供からいわれて初めて、こちらも改めてぞっとさせられながら反省したこともあります。

伸晃が小学校を卒業し頑張って慶應義塾の普通部（中学校）に合格した春休み、たまたま三浦雄一郎《みうらゆういちろう》のエベレスト大滑降の総隊長を引き受けたので御褒美を兼ね彼を伴ってネパールに行き、現地でのややこしい折衝を終えなんとか無事遠征隊を送り出した後カンボジアに寄り、アンコール・ワットの見物にいきました。

当時、隣国で行われていたベトナム戦争はすでに終盤に近く、アメリカとの協定を無視した北ベトナムの正規軍は総攻撃に備えて隣のカンボジアにまで進出してきていました。ガイドといったアンコール・ワット近辺の村にも物資を調達にきているベトナム兵の姿が散見され、物騒なものがいよいよ迫りつつある雰囲気が濃厚でした。

そして、見物を終え明日はシェムレアップを発《た》とうという前日、ホテルのレセプションに確認させたら旅行社の手違いでシェムレアップからバンコックに飛ぶ飛行機のシートが予約されていない。ホテルではどうにもならず、帰国の予定も限られていて、これだとプノンペンまでタクシーで出てそこで便をつかまえるしかない。しかし周りの情報では途中の国道の治安は日増しに悪化していて、誰も安全は請け合えないという。

当惑して立ち尽くしていたら支配人が、二十キロほど離れた隣の町にいるエールフランスの現地支配人に相談すればなんとかなるかも知れぬというので出かけることにしました。

部屋に戻って伸晃に事情を話し、これから数時間私はホテルから出かけるが、その間絶対にこの部屋から離れずにいるようくれぐれいい聞かせてホテルを出ました。

幸い隣の町にいた現地支配人が好意的にあちこち連絡してくれなんとか翌日のフライトに乗れることとなり、胸を撫《な》で下ろしてシェムレアップのホテルに戻りました。伸晃を拘禁するつもりで持って出た鍵で部屋の扉を開けると、その間寝ていたのか眠そうな顔をして彼も起き上がってきました。

ほっとして夕食に促しながら突然、なぜか自分が妙にくたびれ果てているのに気づいた。そしてその訳を何十年も後になって伸晃の口からいわれ、改めてひしと覚らされたものでした。

今から十数年前の暮れに家族でパラオにいったことがあります。三男と四男は学校のクラブの行事の都合で東京に残り、家内と長男、次男と私の四人で、もっぱらダイビング三昧の休暇を過ごしました。

大晦日《おおみそか》に、私がいい出しスリーダイブ目は滅多にダイバーのいかぬ、零戦《ゼロせん》が浅瀬に不時着しそのままの形で残っている南の海岸に船を回し、近くの鮫《さめ》の多いポイントでもっぱら鮫を眺めに潜りました。

潮が動きだしていて流れがよくわからず、船頭とガイドがばらばらのことをいうので、私が船はこのまま止めて動かさずに置き、やがて上がる私たちを見張って拾いにこいと命じて潜りましたが、水中の潮はガイドがいっていた通り沖に向かって流れてい、さほどの流れではないので流されても浮上すればすぐに目には入るだろうと判断しました。

しかし、鮫見物の後上がってみたらさっきの場所に止まっているはずの船がどこにも見えない。

うねりに乗って見はるかすと、何を思ってか残った乗組員たちが勝手に船を入り江のはるか奥に動かしてしまっていて声は届かない。

する内、水中より水面の方が流れが強くなっていて我々はどんどん沖に向かって流されていく。陽《ひ》は見る間に傾いていき、うねりの谷間に入ると辺りはもう薄暗い。このまま流されてリーフの外に出てしまったら朝まで流されるしかない。

泳ぎ寄ってきた次男もいつになく真剣な顔で、

「僕らだけは離れずにいようね！」

と叫び、私は息子たちにもいっていざという時のために生まれて初めて、腰に巻いていたウエイトを外して捨て、親子三人は離れまいと細いシートで体を繋げてみたが波の力は恐ろしく、何度か揺すぶられると簡単に切れてしまう。

そうなるともうパニックで、こんな島ではろくな救急体制がある訳もなく、ホテルが我々の戻らぬのを家内から知らされて通報し、捜索隊が始動するのも早くて明日の昼頃だろう、それならまだしも、何しろ今日は大晦日だから明日正月元旦《がんたん》には島の連中は皆酔っ払っていて、下手をするとこのまま見殺しにされるかも知れない（現にそれから数年後同じパラオで、無責任な船頭に水中に置き去りにされ日本の四人のダイバーが行方不明になって戻りませんでした）。

愚かな父親が鮫見物などといい出し、家内は敬遠して船に残ったが、嫌がる息子二人をせっついて駆り出した私の科《とが》で、あたらこの若い二人の息子を殺してしまうことになったかと思うと、生まれて初めて味わう濃い恐怖で目の前が真っ白になってきました。

後で聞けばその時奇跡が起こって、船に残っていた家内が、「遅いわねえ」といい出し、入り江の奥を眺めても見当たらないので「反対側を見てみたら」といって促したらクルーの一人が、責任を感じて懸命に潮に逆らい船に向かって泳ぎだしていた船頭を波の向こうにかろうじて見つけ船を回してきたのでした。九死に一生を得たとはまさにあのことで、さらに後で聞けば船頭が、クルーを務めていた息子たちの一人にガイドの判断とは別に、潮は中に向かっているからあらかじめ船を中に向けて回しておけと勝手に命じたのだそうな。家内の一言がなかったら私たちはあのままアウトリーフに流され、鮫のうじゃうじゃいる外海をさ迷い、下手すれば、いや多分鮫の餌食《えじき》になっていたことだろう。

と思えば思うほど、拾った命が有り難く、とはいえ泣いて神様に感謝する訳にもいかず、私と伸晃はビールを飲みながらただげらげら笑って互いの僥倖《ぎょうこう》を祝福し合っていたが、なぜか良純の方はすすめてもビールを手にせず、その内突然怒りだして、

「止めろっ、よく酒なんか飲んでいられるな！」

と絶叫しました。

その気持ちはわからぬではないが、こちら二人はそれがまたおかしく、さらに声高に笑い合う。良純はそれでさらに怒り狂う。

その内危機を脱してきた我々三人には何の共感もない家内が、ぼやくように、

「こんなに遅くなってしまって、ホテルのお節料理はまだ残ってるかしらん」

などというので、またおかしくて私と伸晃は笑い続け、良純の方は口をへの字に結んで一人海を睨《にら》みつけていました。

あの時我々二人は決して、一、二本のビールに酔っ払ったのではなく、獲得しなおした自らの命に酔っていたのだということでしょう。

それから何年かたって何かの折、パラオでの遭難のことを誰かに話していたら、その後二人だけになった伸晃がたしなめるように、

「でも僕はあの時、これはやばいなとは思ったけどあのまま死ぬとは思っていなかったよ」

といいました。

「そうかね、俺は今までであんなに焦ったことはなかったな。というより、このままお前たちを死なせてしまうのかと思うと空恐ろしくって、白状するけど、生まれて初めて目の前が真っ白になっていた」

「それは、お父さんが自分でいい出して僕らを強引にあそこに連れていった、親としての責任のせいでしょう。僕はこのまま沖へ流されてしまう前に、タンクも捨てて多少の怪我《けが》は覚悟しリーフに這《は》い上がってリーフ伝いに帰るつもりでいたよ。お父さんがいつそれをいうのかなと思ってたんだ」

いわれて迂闊《うかつ》にもその時になって初めて、確かにそういう手もあったのだなと覚らされたものでした。

そしてその後彼が、

「僕が本当に怖かったのはあのアンコール・ワットでだよ。あのホテルに一人残され親父を待っている間、いろんなことを考えたらもう本当に怖くなって起きてはいられなくなった」

「なぜだ」

「だって子供の僕にだってわかるよ、あの町の周りをもう誰が取り囲んでいるのかがさ。それでもしお父さんが隣の町に出かけていったきり帰ってこられなくなったら、いったいこの僕はどうなるんだろうかって」

「そうか、そこまで考えてたか」

「そりゃそうさ、今つくづく考えると、下手すれば僕はカンボジア残留孤児になってたかも知れないんだ。今思ってもぞっとするよ」

いわれて改めて、私もそう思いました。

あの時ホテルに残されて半日私を待ち続けていた彼の心象は、思いなおせば痛いようにわかります。プノンペンまでタクシーでいけなどとすすめられ、それは断って藁《わら》にもすがる思いで隣の町まで出かけていったあの時の、後には引けぬ覚悟の緊張は、私とて並のものではなかった。

そしてようやく段取りがついてホテルに戻り、ベッドに寝たままでいた息子を確かめほっとし、二人して遅い夕食に出かける時に感じた妙な虚脱感の訳を、実の息子の方が本質的に理解していたのです。

そしてさらにその時になって改めて、シェムレアップの飛行場で搭乗手続きを終え、二枚のボーディング・カードを手にして案内を待つ間、窓ガラスの割れたターミナルビルのロビーの内壁に作った巣に、何羽かの燕《つばめ》が自在に出入りして雛鳥《ひなどり》に餌《えさ》を与えている様子を妙にしみじみした感慨で眺めていたのを思い出しました。

物書きの父親としての想像で、もしあのカンボジアで二人が生き別れてしまい、あのポルポトが失脚した後のなおの混乱の中で、今はもう日本語も忘れてしまったに違いない息子を、生きていると信じて探しにいく自分をただ想ってみるだけでも胸が苦しくなります。

やはりあの時、いかに足手まといと思っても、死なばもろともで息子を隣町まで同道していくべきだったに違いない。

息子はあの時幼い胸にどんな不安を抱えながら私を待ちわびていたことか。しかしいい訳、負け惜しみではなしに、あれは親子お互いにとって滅多にない、いい機会だったのだと思うことにしています。

親子の絆《きずな》などというものは、生死を懸けるようなある状況の到来なくして滅多に感じとれるものではあるまいに。

とすれば、パラオの海での遭難にせよ、アンコール・ワットでの予期せぬ出来事にせよ、それぞれ親子お互いの胸に刻まれて残る格好のモニュメントともいえそうです。

というのは、親として体のいい、いい訳だろうか。

第四章　兄と弟の関わり

俗に兄弟も他人の始まりといいますが、同じ血を分けた兄弟とはいえ、幼い頃でもある年齢に達すると意識を構える前に動物としての本能でさまざまな摩擦が生じるようになるのを、親の目で眺めるとまたさまざまな感慨が催されます。

次男の良純は長男の伸晃から五年おいて生まれたせいで、長男が一応の成長を果たしていたので万事いたれりつくせりで育てられてきました。ところが二年おいて三男の宏高が生まれて周りの手が今までとは違って生まれたての三番目に割かれるようになると、子供なりの本能でそれが自分の新しい競争者の登場に感じられたようでした。そんなオブセッションからの苛立《いらだ》ちが、三男が自分で立って歩き回るようになるとますます深まり、もともと神経質な子がとうとう不眠症になってしまいました。

私自身も子供の頃は神経質な方で、子供にとって睡眠がよくとれぬという事態の怖さを知っていたから、眠れずに悩んでいる子供を見て哀れで仕方がない。

新しい弟に追い上げられ焦っている自分をなんとかコントロールしようとして、彼が自分を抑えるために片手を小刻みに振りながら、「ビッキ、ビッキ！」となにやら訳のわからぬ言葉を口走って動作するのを眺めますます心配になってきました。

　こういう時には何かをきっかけに大笑いさせて自分を解放させてやればと考え、密かに思いつき、彼を庭に誘い出し彼に向かってノックバットでソフトボールをノックしてやりながら、チップしたボールを横のプールに落として拾い上げた後、一段高いプールの縁からノックしたはずみによろけてプールに大袈裟に転落してみせました。

　プールの水はまだはられたままでいたがもう秋口で、澱《よど》んだ水の中にスェーターとズボンを着たまま水飛沫《しぶき》をあげて転落した親父を見て子供は驚き、大笑いして母親に報告に走っていきましたが、明らかにそれがきっかけになって彼のノイローゼは治まっていった気がします。

　多分彼にとってはいつもいかめしく怖い父親が意外の失態でプールに落ちこみ、濡《ぬ》れ鼠《ねずみ》になって這い上がる光景は印象的なものだったに違いない。

　後年、それももう三十過ぎての頃彼が何かの折にふと思い出しあの時のことを口にしたので、私はうっかりあの出来事の種明かしをしてやってしまいました。

初めてそう明かされ息子は驚いて私を見なおしていたが、私としては内心後悔もしていました。別に昔の親の恩を着せなおした訳ではないが、あれはあのままの本当の出来事として彼の記憶にしまっておいた方が良かったのかも知れない。

がその一方、彼もまたやがて人の子の親となった時のことを想えば、子供を気遣う親の心情について理解、というよりある心がまえを、余計な言葉は添えずに彼なりに密かに納得させればいいのかなとも思いました。

しかし、そう明かされて私を見なおした時の彼の、白けたといおうか憮然《ぶぜん》といおうか、なんともいえぬ表情を今でも覚えていますが、それを私が今さらどう注釈するまでのこともないには違いない。どんな子供も、普通にいけばやがて親とはなるのだから。そして子供を思わぬ親がいるものでもなかろうから。

良純という子供には、その他にことさらの思い入れがありますが。それもある情景に重ねての他の子供にはない、ことさらのものです。

彼が生まれて間もなくの頃突然猛烈な風邪が流行《はや》りだしました。高熱が出て厄介な後遺症もあり皆戦々恐々としていたが、ちょうど母親からの免疫も切れる時期で、私としてはいろいろ他人の出入りの多いわが家に置いておくよりも赤ん坊の安全のためにどこか病院に預けておいた方がいいのではないかと、彼が生まれた横須賀《よこすか》の大病院に無理やり頼み出戻りとして送りこみました。

私も家内に同道していきましたが、病室の外から眺めなおしたら、生まれたての赤ん坊ばかりの中に明らかに大きさの違う良純が一人混じっているのが急に妙に哀れに思えてきて、余計な差配をしてしまったことに密かに後悔しかけたものでした。

赤ん坊の集合病室を離れる時最後に眺めなおしたら良純が、何のはずみでか急に泣きだしたのが見え、ますます後ろ髪を引かれる気になりました。

あれは猛烈なインフルエンザの猖獗《しょうけつ》という不可抗力な背景があったために、何やらいっそう劇めいた感慨をもたらしたのかも知れませんが。当人は全く覚えてもいないことだろうが、親というものには親としての思い入れがあるものです。それを親の有り難さとして子供も知れといいはしませんが。

良純は一族の者としては周りの家族たちに比べてどこか違う目鼻立ち、だけではなしに生まれた時から彼だけは赤ん坊のくせに背中までが毛深かったし、長じて背丈も私を凌《しの》いで百八十四センチになりました。もっとも彼から聞いたところだと、彼を追って生まれた三男の宏高は赤ん坊の頃からぼってりとした大柄で、子供心にこの弟に追いつかれ凌がれては自分が危ないと思いこみ、どこで聞いたのか一生懸命に牛乳を飲んだのだそうな。

それだけではなく、家内に聞いたところ、なぜか彼だけは子供たちがそう好むことのないダシジャコが好きで、まだ立って歩けぬ頃から台所へ這っていっては勝手に流しの下の戸袋を開け、収《しま》ってあるダシジャコを手でつかんで食べていたという。これまた、子供ながら動物としての弟へのオブセッションがしからしめたものだろうか。家内もお手伝いさんたちも眺めて不思議には思ったが、決して悪いつまみ食いではないので止め立てはしなかったそうな。そのお陰でか、次男の良純だけは家族の中では際立って筋骨逞《たくま》しく育っていきました。


いずれにせよ、たとえ兄弟同士だろうと他者対自分という男同士の競争意識は幼い頃から芽生えてあるもので、それを自分の子供によって明かされるというのは親として、特に物書きでもある私としては人間を眺める上での得がたい経験でもありました。

それを明かすに直截《ちょくせつ》な写真があります。口絵にあるスナップが撮られた時良純の精神状況は前述のごときものだったろうが、一緒に乗せた弟の宏高をブランコをことさら大きく揺らすことで恫喝《どうかつ》して怯《おび》えさせ、自分の優位を見せつけ保とうとしている。一方弟の方は泣かずに懸命にそれに抵抗している。

これはどんな動物の世界にもある本能的な図式ともいえるでしょう。つまりこんなことを繰り返しながら子供は、いや他の幼い動物も育っていくということです。

その結果それぞれの子供が育って今在る姿を眺めながら、こんな写真を見なおすと親としても感慨ひとしおのものがあります。

親からすれば長男も次男も末っ子も扱うに、長男すなわち準家長といった昔の家族制度とは違って年齢の高低で差別をしているつもりは毛頭もないが、子供たち同士の間では決してそうもいかないようです。

私の場合には二人だけの兄弟ながら、昔のこととて親から一方的に長幼の順が押しつけられ、二つ違いの弟の裕次郎の方も、たとえ不本意だろうとことごとに兄の私を立てた形で育てられてきたものでした。

私と彼との立場が逆転というか、今までと突然に違って対等になったのは、親や他の誰が何かで認めてということではなしに、ある日気づいたら彼の体格が私とほとんど同じになり、その腕力が私をはるかに凌いだものになってしまっていたことでした。それまでは一方的に組み敷いて悪戯《いたずら》したりいじめたりしていた弟が、ある日突然それがかなわぬ相手となりおおせてしまったということは私にとって密かなショックでもありました。

余談ですが、それも彼と殴り合いをしてこちらが負けたなどというような出来事ではなしに、当時としてはかなり贅沢《ぜいたく》な紺のトレンチコートを父が二人に買ってくれ、二人とも得意で着ていましたが、弟の方は通学の横須賀線に乗り合わせる女学生たちの間で「ミスター・トレンチ」と呼ばれるような存在になってしまっていて、それもただの格好の良さのせいだけではなしに、彼女たちの誰かが垣間《かいま》見た高校生同士の喧《けん》嘩《か》で弟が圧倒的な強さを発揮したという風評と相まってのことでした。

実際に弟の喧嘩っぷりは、彼が映画の世界に入ってから偶然私も目にしました。彼が陰湿な競争の激しい芸能界であっという間に若い王様になりおおせたのは、ある日馬事《ばじ》公苑《こうえん》近くでのロケイションの折にやってきてちょっかいを出していたチンピラ三人を、最初は周りに取り合わぬよういさめられていたのが、相手がますます図に乗って口汚くわめいてくるのにとうとうたまりかね爆発して走り寄り、ほとんど瞬時に殴り倒してしまったという、圧倒的事実によるものです。

当時の映画界で食っていたいわゆる「活動屋」といわれた手合いは今とは違って半ば無頼な連中だっただけに、その映画シーンならぬ生の活劇を目にして裏方だけではなしに監督までがたまげてしまい、噂《うわさ》はたちまち日活《にっかつ》の中だけではなし映画界全体に広がって、殺陣《たて》師のつける殺陣なんぞではなしに、裕次郎は本物に強いということになりました。

しかしその前、まだ学生の頃にもすでに片鱗《へんりん》は見せていたようで、あの頃はそれぞれの大学には無頼な学生たちのグループがあってかなりの狼藉《ろうぜき》を働いていたものですが、弟のいた慶應大学の番長は、高校時代に私の友人だった国際自動車株式会社の長男坊の波多野力男《はたのりきお》で、彼の喧嘩伝説は両腕を組んだまま足だけで相手を倒してしまうというものだった。が仄聞《そくぶん》したところ、その波多野が取り巻きの中でいつも一目置いていたのが弟裕次郎だったそうです。

以来私としては、弟を対等に扱ってきたつもりですが、弟の方は必ずしもそうは感じていなかったようです。

確かに、親が培ってくれた長男意識は、父親が死んだ後は妙な家長意識にまでなった節がないでもないが、弟が俳優として世に出たら出たで、彼を映画界に送りこんだ私としてはいわばプロデューサーとしての責任もあり、まして彼のためにいくつもの脚本を書いたりすれば当然辛口の批評家とならざるを得ません。

そんなこんなで年経てもなお、いや、彼が死ぬまで口うるさい兄貴として通してしまったし、裕次郎の方もそれに甘んじていた、というよりその方がいろいろ都合も良かったには違いない。

後々の話ですが、衆議院時代の私の選挙区に都議会の議長も務めた醍醐《だいご》安之助《やすのすけ》という大物の政治家がいて、その地元を選んでいわば落下傘候補として出た私の衆議院議員への立候補では並ならぬ恩義を蒙りました。当然そのお返しに私も醍醐さんの選挙には協力しましたが、そうした関わりで醍醐一族とは親戚並みの付き合いとなりました。

そして、醍醐一族の実質的な核ともいえる議員の弟さんの醍醐建設社長の醍醐幸《こう》右衛門《えもん》氏とは今でも甥《おい》っ子と叔父さんのような関わりにありますが、その幸右衛門さんが選挙の度応援にやってくる弟と親しくなり、顔を合わす度、「お互いに弟というのは損な役回りだよなあ、今度生まれてくる時は兄貴でこような」と慨嘆し合っていたそうです。

しかしまあ、長男の苦労は所詮弟どもにはわかるまいということですが。

しかしそれもわが家の長男と次男のように、その間がおよそ五歳違うということになるとかなり極端な、長幼の条件とはなるようです。

良純が今でもよく口にすることですが、彼が小学校六年生、伸晃が高校一年生の時、私のアメリカの親しい友人の息子のクレイグが夏休みに日本にやってきてわが家にホームステイした折、一週間ほど日光だの京都、奈良巡りの旅行に長男次男を同行させ、家内が日割りの予算をまとめて伸晃に預けくれぐれ無駄はせぬようにいい含めて送り出したことがあります。

ところが母親の言葉を笠《かさ》に着て、ホテルでの食事の度に伸晃が良純にいつも、

「お前、大好きなハムサンドでいいよな」

と安い選択を押しつけ、自分たちだけはその分を浮かせて加えステーキだとか何だとか格段違ったメニューをほしいままにしていたそうな。

「長男の圧力をかけて、全く勝手に一方的でさ。ウエイターの前でそういわれるとこっちもつい、うんと頷いてしまってさ」

後々まで良純はぼやくというより、恨んでいます。

それでも兄弟の仲は仲で、後年伸晃の結婚相手は良純が紹介してやり、その答礼に、いささか婚期が遅れて心配だった良純に今度は伸晃が格好の相手を紹介して、親としてもほっとさせられた次第ではある。

兄弟も四人いると、四人の間ではことを構えて派閥とまでいかないがチームのようなものが出来て対立したりネゴしたりしているようですが、結局ごく自然に生まれた順ということで長男と次男、三男と四男がそれぞれ緊密にということのようです。

それでもそのチームも二人だけになると上の方がことさらに先輩ぶって下を威圧するということになるらしい。

良純のハムサンドではないが、宏高が私の親友だった、後にフィリッピンの独裁者マルコスに暗殺された上院議員ベニグノ・アキノの亡命先のボストンの仮住まいに寄宿してボストン大学に通っていた頃、夏休みにアメリカに出かけて合流した延啓を連れてアメリカの南部を旅行した時、わずかなことでいい合ったりした折々、上の宏高がまだ英語の出来ぬ延啓を人前でわざとほったらかしにして困らせたり、初めてネクタイなるものを締めさせられる弟に、ネクタイの結び方をわざと手ほどきせずに困らせたりしたそうな。

「全くあんなことで、あんな風に僕をいじめやがって、兄貴なんてつくづく頼りにはならないと何度も思わせられたよ。初めての外国旅行の最中だからこっちは何もかも手探りでさ、一々、はいはいと聞き入れない訳にはいかないし」と。

弟なるものの立場を理解せずにすんだ私としては、子供たちを見渡すために参考になる挿話をいろいろ教えられることは出来ました。

どんな家庭でも長じるにつれ子供は子供なりの問題を抱えるようになり、親としてもそのすべてを見取ることなど出来はしません。つまりそれがやがては子供の巣立ちに繋がっていくということでしょうが、親はその過程で出来得る限り子供の内的外的変化を知って捉えているにこしたことはない。それも総論的なものではなく、彼等の、親の目には届かぬ個々の挿話を明かされることで、はたと納得させられることが実に多い。

そのきっかけは子供との会話でしかない。会話といっても親が子供に親の権威で聞き質すとか相談に乗るといった権威主義的なものではなしに、もっとさりげなく子供同士の対話のようにくだけたものであった方が、親としてもいろいろ思いがけぬ発見があります。

などといっても、しかつめらしい子育て論とか教育論としてではなしに、結局親の側の人間としての感性にのっとった子供への興味次第のことに違いない。私が物書きであるからことさらということではなしに、一人の人間としても、自分の人生について悩んだり迷ったりいろいろ考える折々に、ふと子供を眺めなおすと思い当たったり納得したりすることがとても多い。

そういう点では子供ほど、自分自身のためにも眺めて面白いものは滅多にありはしません。

それは結局冒頭に記した人間の存在の環についての意識次第ということでしょう。

子供という「存在」ほど人間が生きていく人生という舞台の上で自分を照らし出す確かな明かりはないし、自分を見つけ出すための鏡もありはしません。とにかく眺めていてこんなに面白く、不思議なものは他にありはしない。

例えば、いかなる人間も二重どころか多重な人格を備えているものだが、ことわが身に関してそれを直截に明かしてくれるのは自分がもうけた子供たちに他なりません。

第五章　似た者同士

何年か前の暮れの冬休みに、長男の家族と客船に乗って南太平洋を旅したことがあります。

クリスマス島の海岸で沖の何かを眺めながら伸晃と孫の佐知子《さちこ》が並んで立っているのを、その後ろにいた私に嫁の里紗《りさ》が肩をつついてそっと指をさした。促されて指の先を見てすぐにわかりました。孫娘にはいささかかわいそうだが、彼女の膝《ひざ》の辺りと伸晃のそれとが大きさは別として実によく似ている。二人ともいわゆるO脚です。

で私は里紗にカメラを促して、私も彼らの横に並んで立ってみせた。理解してシャッターを押した後、里紗が声を立てて笑いだしたが、彼等父娘《おやこ》二人には訳はわからなかったろう。

帰国して出来上がった写真が家に届き、添えられた里紗からの手紙に、「あの一枚は、お父様だけにお届けします。家では秘密にしておきます」とありました。

その一枚には親子三代に及んだ典型的なO脚が並んで後ろから撮られていました。

よくもまあこんなに同じ具合に曲がって伸びたものだとしみじみ思うほど、三人の脚は、後ろから眺めるだけにいっそうくっきりとそのラインを浮きだたせて、正面から顔形を眺める以上に同じ血の遺伝を証し出していました。ちなみに、私からのＯ脚の伝承者はわが家では長男だけです。

しかし佐知子の名誉のために書き添えますが、中学三年生になった今、彼女のＯ脚は完全に直ってしまいました。今年の夏に慶應の女子中学校のテニスのチームレギュラーになったという彼女と高原でテニスをしたら、なんとＯ脚は完全に真っ直《す》ぐな、しかもすらっと長い足に変わってしまっていて驚きました。

テニスの猛練習のせいなのか、何なのか。私とて中学時代から大学まで、サッカーでしごきにしごかれたのに、足の形は一向に変わりはしなかった。ひょっとすると昔と今の食事における栄養の差のせいでしょうか。それとも、男と女の何かの違いがもたらすものか。

Ｏ脚についていては私にはいまいましい思い出がある。私の一族、つまり父、母、弟の内でなぜか私一人がＯ脚でした。子供の頃それに気づいて父親に訴えたら、父は、

「そんなもの大人になって膝を引き締める体操をしたらすぐに直る。それはスキーのやりすぎだ」

とはいってくれた。

しかし弟はどこで聞いてきたのか、

「軍人になろうと思っても、直立不動して膝の間が開いている男は将校の試験には合格しないんだってよ」

と私をからかい、それを聞いて父がなぜかひどく怒って、「嘘《うそ》をいうな」と怒鳴ったのを覚えています。

父はああいってくれたが大人になればなるほど私のO脚は固定的となり、どう努めても膝が内側でくっつくことはありはしなかった。

O脚以外に長男だけが受け継いだ特性がもう一つあります。私から、というより、私の親父、つまり彼の祖父からの遺伝で、高校生になった頃から、その咳払《せきばら》いが物凄く私の親父に似ている。

私がなぜことさらそれに気づいてそれを気にもしたかというと、伸びざかりの小学生、中学生の頃、朝、特に「春眠暁を覚えず」といわれる春に、通学のために朝起きようと思っても、眠くてたまらない。もうあと十分、あと五分と、床の中で丸くなっていると、母にいわれて父が起こしにやってくる。

なぜか蒲団《ふとん》に手をかけてゆり起こす前に、一度二度咳払いするのです。そして最初はごく優しく「おい、慎太郎っ、もう起きなさい」と声をかけるが、こちらがそのままでいると、次の瞬間、怖い、しかも大声で、「おい、起きるんだ！」と声より先に蒲団がはがされるのでした。

それが毎日続くので、私としては、親父の咳払いを覚えた、というより起床に臨んでの定例習慣として、いわばすっかり身についてしまった。ところがなんと、私の父と全く同じ咳払いを、長男の伸晃がするのです。子供も幼少の頃は咳払いなぞしないが、結構大人っぽくなってくると、声帯の具合でか咳払いをするようになります。

ある頃のある時、家の隣の部屋で彼が咳払いをするのを聞いて、ふと、「あれ、どこかで聞いたことがあるな」と思ったが、その後何度か聞く内に、彼の咳払いを聞き覚えている訳がわかった。

私とは全く違う。しかし、私の父のそれと酷似している、というより、全く同じなのです。そう覚った時の感慨というのは、かつて親父の咳払いの後蒲団をはがされて起こされたことの懐かしさ、だけではなしに、何といおう、私を経て、亡くなった父が私の息子の中に歴然としているのだ、という強い実感でした。

彼の咳払いについてはさらに後々、思いがけぬ効用を味わったことがあります。ある時ある著名な政治家の芝の増上寺での葬儀に遅れていった時、すでに読経が始まってい、背中ばかり眺めても居並ぶ弔問客の中のどこが国会議員席かわからない。どっちへいって座ろうかと迷っていたら、向かって左手の方で、すでに議員になっていた伸晃のあのまぎれもない咳払いが聞こえてきて、その瞬間自分の座るべき席の所在が知れました。

何百人という出席者の中ながら、あちこちで咳払いが聞こえようが、あの咳払いの主が誰かは、多分私一人にしかわかりはしまい。その瞬間私としては、改めて自分に関わる血筋についてしみじみ覚らされたものでした。

後年弟が俳優となり、足が長いことで売り出していたが、私は負け惜しみで、周りの連中に「実は俺の方が弟より足ははるかに長いんだ。曲がっているだけで、これを真っ直ぐにして計ったら俺の方がはるかに長いし、背丈も三センチは高くなる」と喧《けん》伝《でん》したものでした。

かくなる肉体的現実を眺めると、ご先祖のいったい誰がO脚をしていて、その人はいったい何をしていた人なのだろうかとすこぶる興味があります。

昔よく目にした「メンデルの法則」のエンドウの花の遺伝分布の図解ではないが、肉体の特徴の遺伝分布を子供に当てはめて眺めるといかにも面白い。そのためにはまず子供がたくさんいなくてはなるまい。そして少なくとも親子四、五代に及んでの観察をしなくてはなるまいが。

私の四男は画家となっていますが、この子だけはなぜか目が一重瞼になっている。そのせいで韓国人の多い赤坂界隈《かいわい》を夜歩いていると、実に頻繁に韓国人から、全く疑うところなき様子で韓国語で道や店を尋ねられるそうな。

そう聞かされて、いつか、

「そんなもの整形すれば簡単に直るぞ」

といったら、

「とんでもない、なぜ僕が瞼を直す必要があるんだ」

と物凄く怒っていました。

余計なお世話、ということだろうが、わが家系には珍しい一重瞼に当人なりにプライドを抱いているのだろう、二重瞼の私にはよくわからぬことではありますが。

子供たちと親の私との外形における類似は、子供の発育過程においてそれぞれ変化し現れてきます。いろいろな折に撮った子供たちの写真を後で眺めなおしてみると、思いがけぬ時の子供のある表情が私にそっくりだったり、他の、日頃似通っているとは全く思わぬところが子供そっくりだったりして首を傾げさせられたが、その内に慣れてしまって、なるほど肉親というのはそういうものと覚り驚かなくなりました。

ある条件の中で簡単に似通ってしまうのは声です。

特に電話という機械を通すと、機械による一種の圧縮作用のせいで声の特色だけが強調され、他の要因がふるい残されるのか、なまじ付き合いのある友人相手などだととんでもない混乱を招いてしまう。他人ならぬ家族ででも往々のことで、電話の機械の性質によるのか何によるのか。

いつか私が外から家に電話したら、末の延啓が出て、私は、出たのはてっきり三男の宏高と思い、

「おい宏高か？　俺だよ、実はな」

と話しかけたら、相手は私のことを長男の伸晃と勘違いして、

「え、何、伸晃お兄ちゃん、どうしたの？」

と聞き返す体たらくでした。

それくらいの間違いならまだいいが、これらが彼等のガールフレンドとの間の聞き違いとなると、下手をすればとんでもなく深刻なことになりかねない。

以前のある夜、なぜか私一人が家にいた時、かなり遅い時間に電話が鳴りだした。私は原則的には家にいる時外からの電話には出ないことにしているが、あいにく私以外は無人で、ほうっておいたら電話は延々と鳴り続けている。

時間も時間で、その内悪い予感なども兆してきて、仕方なしに受話器をとりました。当然こちらの機嫌はよくないから、相手には多分極めて不機嫌、ぶっきらぼうに聞こえただろう声で、

「ああ、もしもし」

答えたら、いきなり相手が、

「あ、○○、昨夜《ゆうべ》はごめんねっ、許してね」ときた。

この空白に名前を入れるのは、昔のこととはいえ、すでに結婚している四人の一人だから家庭騒動にも繋がりかねないので控えますが、それを聞いて、思わず、

「え、何っ」

答えた私の様子をどう察してか、相手は、

「ねえ、許してっ、ごめん！　私そんなつもりでいったんじゃないのよ、私、本当はあの時——」

と、めんめんたるいい訳をいいつのる。

私としてはどう答えて、というよりどう説明したらいいのか判じかねるまま、

「え、いや、それはねえ」

などと曖昧《あいまい》に受けてその後相手にどう諭す、というよりどう釈明したらいいか迷っている内にも相手は物凄く懸命に、というより必死な様子で、私には通じぬ、いや、わかるはずのないいい訳をすがりつくように語り続ける。

その語気に押されて私がつい、「いやっ」とか、「まあ、君ねっ」と言葉を探しながら説得しようとしても相手はその暇を与えずに、必死懸命に昨夜のいい訳をするのです。

どうやらこの関わりは、うちの息子の方が戦況有利と見られたが、その内相手のいい訳がもっと踏みこんだ二人のプライバシーに及びそうになったので、私の方も慌てて、

「あのね、落ち着いてよ、俺はねっ」

いっても相手は、

「そうじゃないの、ね、お願いよ、私が悪かったの、だからもう一度」

「そうじゃないんだよ、いいかい、落ち着いてくれよ、俺はね○○じゃないんだよ」

「あっ、お兄さん」

「いや、親父だよ」

いったら、

「きぁっ！」

叫んで電話はとたんに切れてしまった。

これは何も私の責任では、絶対にない。相手の責任でもない。あくまでも電話のせい、電話が狂わす声のせいとしかいいようがない。

しかしいささかの後ろめたさがあったので、次の日遅く起きてきた○○に、昨夜の電話のいきさつを話して詫《わ》びかけたら、息子の方がげらげら笑って、

「ああそう、馬鹿だねあいつ。気にしないで気にしないで」

息子が全く取り合わないので二人の関わりの浅さも知れたような気がしたが、となると今度はこちらが罪なことをしたような気がしてきて、相手の彼女がなんとなく気の毒、申し訳ない思いがしてならなかった。

声を含めて外見の類似はまだわかりやすいが、これが子供個人の性格となると、肉体を含めての総合的結果ということになるだけに、にわかには判じがたい。一卵性双生児ならともかく、どの子供も性格的に互いによく似ているなどというのでは親から見ても面白くもないでしょう。

肉体的にはいろいろ似ている点も多いが、しかしなお個性としての性格はかなり違う、というところが子供という存在の、つまり人間の作る家族なるものの面白さであるに違いない。

前にも記した私の後援会の幹事長を務めてくれた、今でも親戚付き合いしている醍

醐幸右衛門氏は八十過ぎても矍鑠《かくしゃく》としていて、競馬の馬主協会の会長でかつ大井の競馬場の理事長を務め日本で初の競馬のナイターを実現したりしたやり手で、前述のすでに物故した議員の中で唯一人名誉都民ともなった、いわば東京都の大親分だった醍醐安之助さんを支えてきた一族の実質的な中心人物だが、男の五人兄弟をそれぞれ比べても外見と中身は対照的に違っていたものでした。

戦争から生き残って戻った醍醐兄弟たちが、町を荒らす外国人たちと体を張って闘い、戦後の荒廃の中で地元の蒲田《かまた》を東京でいち早く復興させたのだった。他の下の三人の弟たちも顔は似ていても、一人は兄のいわば身代わりで選挙の最中に殉職し、次の一人は日大の先生そして末の弟が兄弟の中で一番無頼な行動派。ということで、華々しく表に立っていた長男が一番手を焼き恐れていたのが末の弟、一番頼りにしていたのが二番目の弟。それぞれ顔は似通ってはいても、いずれも際立って性格の違う兄弟たちで、いつか小説にでもと思っているほどユニークな兄弟、一族でした。

わが家とて傍から見れば同じことかも知れない。とにかく長じれば長じるほど、それも社会に出てそれぞれ自らの職業を選んで進めば進むほど、幼い頃隠れていた性格が発露してきて親としても目を見張ったり首を傾げたりさせられます。

もっともその兆候は通学している頃から当然ありはしたが、それが社会に出てどんな形で彼等の人生を形作るかは親にも彼等自身にもとても予知出来るものではありはしない。そこにまた人生の面白さがありもしよう。

例えば学生時代には不可欠な試験という、彼等学生として必須のバリアである試練に臨んでの所作一つ眺めても、将来の人生を占い得るような違いがそれぞれ顕著に現れていました。

多分九割以上の学生は試験の前夜、濃淡の違いはあっても明日に備えてあたふたするでしょう。私自身もそうだったし、息子たちもそうだったが、中で唯一人三男の宏高だけは試験の前夜に机に向かうということが全く無かった。

親が心配して促しても、逆に首を傾げて、

「お兄ちゃんたち、なんであんなことするのかなぁ。みんな学校で習ったことなんだから、早くおさらいしておけば一度ですむし、わからなけりゃ教室で先生か仲間に聞いとけばいいのにな」

いわれれば御説ごもっともで、一夜漬けの名人だった私としては恥じ入るしかない。

ちなみに家内に尋ねたら、

「あら、それはそうよ、私も試験の前の晩には明日に備えてすぐ寝ることにしていたわ」と。

ならば宏高一人は家内のＤＮＡ、後の三人には私の方ということか。

ちなみに家内は小学校からずっと首席で、結婚後、三十五の年に望んで慶應大学を受験し、合格もしました。私の方は、高校二年の時に学校がどうにも馬鹿馬鹿しくていく気になれずすでに当時にして、今日の流行の先端を行って不登校で一年休んでしまったものだったが。

しかし人間の頭の良し悪しなぞ簡単に測れるものではないし、頭がいいとされている人間にもこんな馬鹿がと思う手合いはたくさんいます。どだい、あいつは頭が良いとか悪いとか識別する側の人間にその資格があるのかということでもある。

よくいわれる、いわゆるＩＱなるものが人間を測る尺度として妥当かどうかは知らないが、私の息子たちの中でＩＱ度が飛び抜けて高かったのは次男の良純でした。彼のそれは湾岸戦争の時ちょっと評判になったシュバルツコフとかいった現地のアメリカ軍司令官のそれと同じだった。

が当のシュバルツコフがその後軍人として際だって出世したという噂は聞かないし、IQなるものが特に何かによく効く?という話も聞きはしない。まあ多分日本の役人になるくらいには向いているのかも知れないが、太政官《だじょうかん》制度以来変わらずに貧しい発想のままこの国を牛耳っている役人の所行の結果を眺めればあまりIQに期待出来そうもない。

それを自分でどう捉えどう意識してか、大学進学が近いある時、良純が突然、

「お父さんも僕ら育ち盛りの子供四人抱えて、学費一つでも大変だろうから、良かったら僕だけどこか官学の大学に行ってもいいよ。官学の方が学費も格段に安いからね」

いい出したものだった。

私は彼等の通学している慶應という学校が大好きで、中学にあたる普通部から通いだした長男以外は小学校にあたる幼稚舎からの慶應で、特に幼稚舎という種々極めて恵まれた環境の中で限られた仲間たちと一緒に育てられた恩恵というのは得がたい財

産だと思っている。それを捨てて今さら、ただ授業料が安いということだけで官学に進みなおすなどというのは無駄というより愚かな選択以外の何ものでもありはしない。

息子からの思いがけぬ提言は言下に否定しましたが、息子のくせに親に学費の心配をもちかけるというのは息子心としては有り難い、というよりやはり心外で、改めてこの自分が子供たちの目にそんな風に映っているのかと考えさせられたものでしたが。


その良純も在学中にある若いプロデューサーの目に留まり、実在したハイジャック事件で犯人が衆目の下に警察のスナイパーに射殺されるという未曾有《みぞう》の事件をベースにした『凶弾』という映画に出演してしまい、というよりかくいう私が若い頃にいろいろな体験をするのも良かろうとうっかりお墨付きを与えたせいで実現してしまい、それがきっかけで芸能界入りとなってしまった。

作品の出来はまあまあでもとても衝撃的なデビューとはいかず、肝心のそのプロデューサーにも力がなくてその後のフォローが足りずにしばらく泣かず飛ばずで、いわれるままうっかり弟のプロダクションに入れたが、石原プロというのはいわば群雄割拠の会社で新入りの若造の面倒を誰がどう見てくれるものでもない。いわば叔父の添え物みたいな使われ方で腐っていたが、後々好きだった気象に関する専門家の国家の認定制度が出来、それに合格することで社会的資格を備え新しい自信も出来たし、新規の仕事の開拓も進んできました。

一向に売れずに、他の子供たちはそれぞれ自分の仕事に朝出かけていくのに、一人だけ出かける先もなくただ鬱々《うつうつ》と仕事を待っていた頃の彼は、親の目からしても哀れで痛々しいものだったが、その打開も結局自分自身で、気象予報士という資格をIQ故に比較的容易にせしめたことにかかっていたといえるのかも知れない。

並行して彼はなぜか演出家のつかこうへい氏の目に留まり、彼の『熱海殺人事件』の主役を舞台で務めたりしたことで、石原プロの『西部警察』などというがさつな出し物とは少しジャンルもレベルも違う仕事にまみえ、役者としての感性の領域を広げていけたとも思います。

親の身になれば売れない役者を息子として抱えているというのはなんともつらい、というかこれだけはままならぬもので、どだい弟の裕次郎のデビューそのものが天からの恩恵ともいうべきものだっただけに、それに比べてよろず芸能界での苦労なるものを見聞きしてきた私としては、彼がこの先彼独特の才気を広げてメディアの世界に独自のステイタスを創造していくことを願い期待してもいます。

特に彼の独特の表現力と分析力をもってするなら、必ずユニークな推理小説や新しい戯曲はものに出来るに違いないと思っているのだけれど。しかしこれまたあくまで当人の意欲と、天が差配する人生のタイミングの問題ということでしょう。

ともかく、いろいろな意味で息子に期待するというのはかなうようでかなわぬ、かなわぬようでかないもする、なんとも難しいことだとは思います。そんなことならいっそ私自身でやった方が早いのだろうが、それもまた、そういくものでもありはしない。私自身、いささかいろいろなことをやりすぎて、この年になるといかにも時間が足りずにアップアップしているのだから。

第六章　息子たちの仕事と人生

頭の構造からすれば、兄弟の中ではＩＱなるものが抜群でむしろ役人に一番向いていたかも知れない次男の良純が役者馬鹿が是とされる俳優になってしまったというのも、親の目から見てもなんとも不思議な気がする、などというと無責任ないい分にも聞こえようが、人生がおよそ不可知なものであることの証左でしょう。

今限りで四人の息子の職業がそれなりに落ち着いた状況を眺めても、親としてむべなるかなというより、ああ結局こういうことになったかと思うしかない。

俳優になってしまった良純が、以前から暗記力が抜群だったのは役者として台詞《せりふ》を覚えるには好都合だろうが、彼を引き立ててくれているつかこうへい氏の悪い癖で、稽古《けいこ》の度に突然の思いつきで台詞を変えてしまい、いつも役者たちを泣かせている。ひどい時は初日本番の寸前にも、かなりの台詞を変えたりするそうだが。

人気を支えとしなくてはならぬ俳優たらんとするには、良純のコスチュームに関するセンスはゼロに等しく、幼い時から身の回りには全く無頓着《むとんちゃく》な子供だった。

いつか小学校で仲間が悪戯して彼の片方の靴を隠してしまったら、ちょっとの間探しはしたがすぐに面倒臭くなって、片方は靴下のまま何も履かずに天現寺《てんげんじ》の小学校から逗子まで帰って来てしまった。

あいにく大雨の日で、見兼ねた逗子駅の駅員が呼び止め誰のものだかかなり大きめの大人のぼろ靴を貸してくれ、彼としてはそれを引きずって戻ってきました。以来兄弟の中ではボロズミとも呼ばれていた。

長男の伸晃は日本テレビの記者を経て国会議員に、三男の宏高は日本興業銀行に入ったが興銀が合併されて消え果て、志とはいささか違った並の銀行となってしまい鬱々としていたようだ。

宏高はこと仕事の選択に関しては、兄弟の中では波乱の経過をたどったといえそうだ。

慶應大学の経済学部在籍中は全大学ゼミナールの委員長なるものも務めたりして政治的活動がかなり板についていた感じでした。卒業就職の段では当時の花形職場ともいえた三井不動産と日本興業銀行の二つを受け、なんとか両方合格したが一日早く発表になった興銀を、あくまで当人の意思で選ぶことになりました。サラリーマンの経験の全くない私としては息子の就職先に口を挟む能力も資格もありはしませんでした。故にも彼は、わが家では異色ともいえるバンカーとあいなった。

後年長男の伸晃がテレビ記者から転じて政治家になってしまい、すぐ上の良純はまだあまり売れぬ俳優、下の四番目の延啓は売れる目安もつかぬ画家として修業中という頃、家内が私の代わりに選挙区の行事に出席していて不在、その前に他の所用から比較的早く帰ってきていた私が二階のある部屋で本を探していたら、いつもよりは早目、といっても九時を過ぎてはいたが、帰宅してきた宏高がお手伝いさんに食事を頼んで、そのつもりでいなかったお手伝いさんが慌てて、「急にいわれても大したことは出来ませんよ」といい訳していました。

彼としては私だけが戻っているとも知らず、母親もおらずそれぞれの兄弟がまだ家にいないと知らされた後、二階の洗面所で手を洗いながら何が不本意でか吐き出すように、

「ちえっ、この家でまともな仕事をしてるのは俺だけか」

と慨嘆するのを陰で聞いていて、私としては何と声をかけていいかにわかにはわかりませんでした。

この今になれば、わが国の金融界の様子を眺めても、銀行がはたしてまともな仕事かどうかわかったものではありませんが。

しかしその後の彼の銀行でのキャリアは一応順調に進んで、とかく落とし穴の多い外国企業との契約書の専門家となりつつもありました。特にニューヨーク支店への勤務が決まった時にはかなり胸を張る思いでいたと思います。

ちなみにその頃私自身は二十五年永年勤続の表彰を受けることになっていましたが、逆に心中忸怩《じくじ》たるものがあって、それを機に議員を辞めてしまう決心をしていました。そこで、兄弟の中ではむしろ長男以上に政治家向きとも思われていた宏高に心中を打ち明け、望むならば私の選挙区を継ぐことを考えてはともちかけたが、当人は銀行家として立っていく自負に満ち満ちていてあっさり謝絶されました。

しかしその後いわゆる護送船団方式に安住し続けた自業自得で日本の金融界に大変動が起こり、肝心の日本興業銀行はあえなく他銀行と合併という憂き目に遭い雲散霧消してしまった。合併で出来上がった新銀行の性格もかつてとはかなり違ったものになって、当人も極めて不本意なものがあったようです。

もともと彼が銀行という業種に適当だったかどうかは私にはわからないし、多分彼自身にもわかるまい。例えば彼がある職場である上司の下にいた頃、上司が用務でオフィスにいる間は他の行員のほとんどがそれに倣《なら》って帰らずにいるのに、彼だけは直接の関わりがないからと割り切って退社することがままあって、後に上からそれとなく注意され、いい返したらさらに譴責《けんせき》されたそうな。

私から見ると至極当たり前の話で、咎める方が明らかに間違っている。仕事も無しにただ上司を気遣って座ったまま無為に時間を費やすとは馬鹿馬鹿しい限りです。銀行屋などという種族は、人間にとって限りある人生の中での限りある時間の意味をいったいどう捉えているのかと首を傾げたくなる、という以上に聞くだけで吐き気がしてくる。

それを聞いた時私は、

「お前の態度の方が百パーセント正しい」

といってやったが、当人も、

「そうでしょう、僕もそう信じてしたことだよ」

と胸を張っていましたが。

それからまたさらに銀行ならではの滑稽《こっけい》な挿話について聞かされたものです。

合併後のことだが、夏場の通勤に満員電車で汗をかいてワイシャツを汚すのが嫌で、通勤時にはスポーツ用のポロシャツを着、会社にきてトイレでワイシャツに着替えていた彼をある上司が見咎《みとが》めて、銀行員たる者通勤の途中で大事な顧客と出会うこともあろうから、そんな軽装で通勤すべきでないといいわたされたそうな。これまた馬鹿馬鹿しいというか、グロテスクな話ではないか。

そんなこんなで、銀行という世界にまぎれこんでしまった三男の性格が次第に変質し、今までの彼とはおよそ異なった人間になっていくのを、他ならぬ彼の弟の延啓が一番心を痛めて見守っていたようです。

特に興銀、富士、第一勧銀の三つが合併した後の新体制の中では、新しい寄り合い所帯の中で今までは見知らぬ同士の疑心暗鬼が働き、同じ職場にいながら社員同士の会話は話題が当たり障りのないごくごく限られたものになってしまって、弟の延啓にいわせると、「お兄ちゃんはいつの間にか、プロ野球に馬鹿に詳しくなっていた」ということだった。

つまり同じ職場でも腹を割った話が出来ず、さりとて互いに黙って過ごす訳にもいかず、当面、当たり障りのない野球をしか話題に出来ぬということです。

なんとも惨めな話で、そんな状況の中で人間の個性が保てる訳はない。ある意味では兄弟の中で一番奔放なところのあった宏高がそんな人間に変わってしまったのは、弟の目から眺めても痛ましい限りだったようです。

小学校の頃、入りたてに上級生からいじめられていたらしいので、それを聞いて私が喧嘩の仕方を教えたら功を奏して、逆に彼が相手を押さえつける立場になり、そのお陰で後から入学してきた末っ子の延啓は周りからちやほやされずいぶん得をしたそうな。

宏高に教えた術とは、取っ組み合いになったら相手の耳を握ってふりまわし、相手の顔か首に齧《かじ》りついていけということで、かかる獰猛《どうもう》な喧嘩術は子供一人の発想で出来るものではない。

私自身これを実行した訳ではないが、子供の頃読んだ『プルターク英雄伝』の中の誰かの挿話にそんなくだりがありました。子供ながらこれは極めて有効な戦術に違いないと密かに思っていたが、わが子がいじめに遭っていると聞いてそれを伝授しました。結果は極めて有効でした。

それで自信を得てか、宏高は時には悪ふざけもするが兄弟の中では一番率直で非難も滑稽も恐れずに自分を表現する性格でした。

その頃の彼はなかなか面白い四コマ漫画をよく描いていたものだが、加えて当人が、私が偶然見つけたアメリカの雑誌に載っていたカウボーイ姿をした子供の漫画そっくりで、それを見せた弟の裕次郎が彼に「マンガ」という渾名《あだな》をつけて可愛がっていました。


余談だがある時一人で家にやってきて家族全員と食事した後、弟がしみじみと、

「いいなあ兄貴は、こんなにたくさん子供がいて。俺に一人養子にくれよ」

その口振りがいかにも羨《うらや》ましげ、というより寂しげだったので、こちらもつい、

「ああいいよ、一人やろうか」

簡単にいって、

「なら誰にする」

聞いたら、

「マンガがいいな」

いうので当時小学校二、三年生だった宏高に、

「おいお前、裕次郎叔父ちゃんの養子になるか」

声をかけたら、

「養子って何？」

「叔父ちゃんは子供がいないから寂しいんだって。だからお前が叔父ちゃんの子供になってさ、今日から成城の家に行って一緒に暮らすんだよ」

いったとたん彼が血相を変えて、

「嫌だあっ、僕そんなの嫌だ、絶対に嫌だっ！」

叫んだ。

その語気と必死の表情にこちらもいささか驚いて、私がいう前に弟の方が、

「嘘々、嘘だよっ、本気じゃないよ、冗談だよ」

とりなすようにいいました。

それがまた妙に哀れに感じられ、私もとりなすように、

「嘘だけどさ、でも叔父ちゃん、子供がいなくてかわいそうじゃないか」

いったら彼が真顔で、

「どうして子供がいないの」

聞き返す。

「どうしてかね」

逆に預けて聞き返したら、真剣な顔で考えた後、

「ああ、結婚してないんだろ」

その答えに大人たちは爆笑し、裕次郎は、

「いや、まいったまいった」

頭をかいて終わったものでしたが。


結果として宏高は突然決心して銀行を辞め、かねて周りの友人たちからいわれていたようだが、私の申し出は断ったのに、私の旧選挙区の分区から立候補することに決めてしまいました。その決心が披瀝《ひれき》されたのが、私の誕生日の集まりの夜で、その時は選挙の公示のわずか一月半前という際どさだった。

結果はいかにも時間足らずで惜敗しましたが、その後今までのいつになく妙に生き生きと次に備えて活動してきました。その間印象深かったのは、いつも何かにつけ彼

に付き添っている弟の延啓が、折々彼の活動展開状況について報告する度、顔をほころばせながら、

「いやあ、宏高お兄ちゃんはやっと元の彼に戻ってきたよ。彼自身の人生のためにも、絶対に銀行なんて辞めて良かったと思うな」

と。

これは親にもわからぬ、ある意味で親とは違った間近な距離にいる兄弟ならではの観察に違いない。

そして最初の選挙の挫《ざ》折《せつ》以来、一年九ヶ月、毎朝あちこちの駅頭に立って演説し続けてきた甲斐《かい》あって、平成十七年の九月の選挙では当選することが出来、長男と並んで議席を持つことが出来ました。

その間のいろいろな苦労が彼を一皮二皮むいてすっかりタフな男にしたてたのは、末弟の報告を受けなくても親の目にもよくわかります。

まあ、兄弟というのは親にはわからぬ、親子のそれとはまた別の波長の愛着と関心で互いに関わり合っているようです。それも時には微妙にタッグを組んでいい合った

り争ったりもして。

年の違いは下のペアよりも離れているが、上の二人は微妙に肩を持ち合ったり、下は下で二人で組んで上と対抗もする。しかしそれぞれが結婚し家庭を持ってしまった今では、自らの家を守るためにも、そうした関わりは薄れていくのかも知れませんが。

いつだったかまだ四人とも一つ家にいた頃、私と家内と三男、四男が一緒に食事して終わった頃、本来は六人一緒の食事のつもりでいたのに、約束違反で戻らなかった上の伸晃、良純の二人が帰ってきて、いささかバツが悪かったのか二人揃《そろ》って扉を開け、当時流行っていた尾崎紀世彦《おざききよひこ》の歌の文句を利用し、「二人で扉を、開けてー」と歌いながら入ってきました。

迎えた私たち夫婦としては約束違反を咎める前に、どうやらようやく大人になりきった上の二人が並んだ様の良さに満足して笑いだしたものですが、それを側で感じとったのか、一緒にいた下の二人の反応は私たち親とは微妙に違う、なんといおう、羨ましさ、焦り、目にした親たちの反応への疎ましさを併せたえもいわれぬもので、物書きの私としてはそれがまたなんとも面白く感じられました。

ああした家族の風景の、ごく小さなフラグメントの方が血の絆の中での微妙な違いを教えてくれるともいえます。

長男の伸晃が日本テレビに報道記者として入社し、最初の現場仕事として東京駅から新型新幹線に関する中継を担当した時、まだ存命していた私の母親を含めて家中の人間がそれこそ固唾《かたず》をのんで見守ったものです。

下の二人は不在だったが、私と家内と次男の良純の三人は、多分当人以上に緊張して画面に眺めいりました。中でも良純の横顔はなぜか硬直しても見えました。それがやがて、なんとか粗相なく終えたことへの安堵《あんど》の苦笑いに変わり、離れの母親からは母屋に電話で、

「まあ、まさに全く、ピッカピカの一年生というところだねえ」

とのご沙汰《さた》で一家してようやく肩の荷を下ろした心境でした。

これが良純の映画へのデビュー作『凶弾』の試写会の折には全く違う家族の反応となる。

何しろ当時はまだ日本映画も今日ほどすたれてはおらず、製作会社側も裕次郎の甥

っ子新人のデビューということで渋谷のさる映画館でのプレミア・ショーとなり、わが家も総出で、あちこち知人たちにも声をかけ一応満員の盛況ではあった。

私たち家族のすぐ横には、寄港するヨットに骨身惜しまず何かと世話をやいてくれる稲取《いなとり》の名物お爺さん、旅館「浜の湯」のオーナーの宮本良平《みやもとりようへい》老が息子への祝いにと獲《と》りたての伊勢海老《えび》を大きな籠《かご》に入れて持参してくれてい、それが映写の最中時折足下でガサゴソと音を立てるのが印象的だったのを覚えています。

映画そのものは事前に私もシナリオにいくつか手直しをしてやってはいたが、結局監督の力量とストーリーそのものの平板さで、前宣伝ほどはショッキングなものでありはしなかった。

ただ弟たち二人にしてみると、最後に、日本では前代未聞の出来事として、どこかの船着き場で警察のスナイパーに兄貴が呆気《あつけ》なく射殺されてしまうエンディングもさることながら、事件に繋がるシークエンスの一つで、微罪で逮捕された主人公が取調官の前で素っ裸にされて立たされるシーンには物凄いショックを受けていました。

家に帰ってから彼等が私に向かって抗議するように、いかになんでも、お兄ちゃんをああして裸にしてしまうなんてあのプロデューサーは許せない、と興奮していうのにはいささか参った。

彼等にすれば、あんな屈辱に甘んじてまで俳優なんぞすべきでないという口吻《こうふん》だったが、良純当人が選んでしたことであってこれは親がどう出張《でば》るものでもありはしない。

子供は子供でありながらやがては大人となり、家から、家族から巣立って離れ、それぞれの人生の場の戦いに臨んでいきます。その過程でのさまざまな選択に親が一々関わり合えるものではないし関わるべきでもあるまいが、しかしまあいつになっても、親の心配が絶えるということはありはしない。所詮、それが親子ということでもありそうです。

第七章　どういう生き方をするのか

一番下の息子の延啓が慶應の普通部（中学校）を卒業し高校に入学した折、これで兄弟四人ともお世話になった先生たちと別れていくのだから、帝国ホテルで開かれる恒例の謝恩会に今回だけはあなたが出席して欲しいと家内からいわれ、日頃学校のことは家内まかせできたこともあり承諾したら、その際父兄を代表して先生方への謝辞を述べてもらいたいという父兄たちからの依頼があったそうで、これも日頃の罪滅ぼしと引き受けました。

ところがいざ前日となって、謝辞の方は他の生徒の母親が代表してすることになり、あなたは卒業していく生徒たちに何か歓送の言葉を述べることになった、という。

これは話が全く違っていて、先生へのお礼なら並のことですむが、生意気盛りの年齢の子供たちに激励にせよ説教にせよ何をいってもろくに聞き入れられることはありはしまい。それなら俺は出席しないといったら、これはあくまで学校側の意向で、もう式次第として印刷されてしまっていると。逃げるに逃げられず仕方なしに出かけましたが、結局、日頃家で子供たちにいっていると同じことを話すことにしました。
で、当日のスピーチとして、
「諸君は今まで、幼稚舎（小学校）の延長として比較的自由で伸びやかな普通部まで合わせて九年間を過ごしてきたが、これから向かう高校ではかなりの数の外来者の校友が加わり、その先の大学入学のための競争も加速されるようになるだろう。大学に入ればさらにいっそう、今までの友人とは違ったタイプ、違ったものの考え方を持った相手と競うことになる。

そこでの競争は、多分今までとはかなり違った質のものとなるに違いないが、要は大学を終えて社会に出ていく時どんな人間になりおおせているかということだ。

君ら自身も、親たちも、先生も、君らが優秀な人材として巣立っていくことを願うだろうけれど、ならば優秀な人材とはいったいどんな人間なのかを今から考えていって欲しい。

優秀な人間とは、一言でいえば他とは違う人間のことだ。他と同じ人間からは他と同じ考え、同じ思いつきしか出てはこない。社会が欲しているのは、今までやってきたのとはどこか違う、あるいははっきり違うことを考えつき、行う人材なのだ。

それは決して何でもこなしてよく出来るといった人間ではない。学校の成績でいったら、何でも『5』をとるような人間では決してない。そんな者はせいぜい役人には向いてはいても、他人のやらない新しいことを考え出したり行ったりする人材になれはしない。

だからこれで一応義務教育の段階を終えたみんなは、次の教育の段階では得意なものに磨きをかけるように心がけて欲しい。親も先生たちも勘違いして、何でも『5』をとれるような生徒を優秀とするかも知れないが、それは全くの間違いだ。

本当に優秀な人間とはあくまで自分の得意な、自分が好きな分野でこそ、他の人間に出来ない新しいことを考え出しやってのける人間であって、そのためにもこれからは自分の好きな学科や趣味に熱中して、好きになれない、あるいは不得意なものはそれほど懸命に勉強する必要はない。そんな科目は落第しない程度にこなしておけばいい。ただしカンニングは好ましくないが。

そしてその姿勢に徹底することでこそ、君らは社会に優れた人材として迎えられる人間になることが出来るはずだ」

と、大体そんな趣旨の話をしたものでした。

生徒たちの反応はというより、聞いていた先生たちが苦笑いしていたのを見届けてはいましたが、その夜家に戻ってから当の息子に私の話を聞いての仲間たちの様子を質してみたら、

「いや、案外評判良かったよ。みんな、自民党にしてはましだなといってたぜ」

ということだったが。


まあ、所詮他人の子供たちであって、私は彼等を預かっている教師でもないし、彼等がこれからどんな人間になっていくかに責任ある関わりもありはしないが、少なくとも自分の子供たちには日頃口酸っぱくいっていることには違いありません。

実際私の家では子供が何に熱中しようと一切かまわぬことにしてきました。

それには私自身の苦い経験があるからです。

小学生の頃、私は出来のいい、成績のいい、いわゆる優等生でした。だから両親も安心していたし、私を自慢にもしていたようです。

比べて弟の裕次郎は好き嫌いが激しく、学校の勉強にそれほど熱心でない。だから学校の成績も私みたいに全優とはいかない。私とて全部優をとるために懸命に努めた

覚えはないから、弟の成績が私に及ばないのが不思議でもあった。

その代わり弟は手先がとても器用で、まだまだ物のなかった頃、自分で工夫して材料までととのえ、自分で設計して、とても良く飛ぶ模型飛行機をいくつも作り出していました。今みたいに、キットになっていて、ただ組み立てるなどというものではない。羽にする竹も、自分で削り出して、火であぶって曲げ紙を張るという手のこんだ作業でした。

そしてある時、それに熱中しているせいでしょう、前学期よりもまた成績が下がって、それを叱《しか》る父に、私がついあんな飛行機ばかり作っているからだ、としたり顔に讒言《ざんげん》し、父が彼の部屋に沢山吊《つる》されていた飛行機を庭で焼いてしまったのである。

それを、目に涙を一杯ためて黙って見守っていた弟の姿を今でも忘れられず、覚えています。そしてその時、父にあんな風にいいつけた自分は、なんて嫌な奴だろうと思った。

なまじな学校の成績なんぞより、ああした独創的な模型飛行機を作ることの方が、はるかに素晴らしいことなのを、私とて感じて知っていました。

で、そのいわば原体験にのっとった、反省と自戒をこめて、私は、何であれ子供の

「熱中」について口を挟まぬことにしているのです。

たとえそれが大人の目から見れば下らぬ事柄だろうと、子供がそれに夢中になる、熱中して他を顧みないといった際でも、それはそれで彼等の内部の親の目には見えぬ何か強い需要に依ることに違いなく、それが彼等の後の人生にどんな影響をもたらすかは誰にもわかりはしない。実は当人にとってもです。

そんなつまらぬことなどせずにもっと他の何かをしろなどという押しつけは、あくまで世間の常識を踏まえたものであって、所詮常識の域を出はしません。子供は幼いなりにその時々の感性の成熟に応じて好奇心の対象を見つけてくるので、どこかで拾ってくる食べ物ではあるまいし、親がしゃしゃり出てその適不適を押しつける必要などありはしない。時によっては子供を損なう虞《おそ》れさえあります。

わが家の場合子供が何かに熱中して、就寝時刻になっても寝ようとしないような時にも、もう寝なさいと強制することはしませんでした。

ものごとへの熱中は何であろうと基本的には貴いことであって、それが日頃の生活のリズムをどう狂わすかは子供に責任を預けたらいい。うっかり徹夜してしまって次の日の学校での勉強や他の活動に支障をきたしたら、その反省は自分自身でしたらいい。熱中に関するバランスを自分で覚えることも、これからの人生のための一種のトレーニングに他ならない。

私にとって印象的だった体験は、末っ子の延啓が幼い頃紙で作る相撲の人形の試合に凝りだして、その内当時の幕内のすべての力士の似顔を紙人形に描きつけていたことで、相撲の年鑑を見てのことだろうがそれがなかなかよく出来ていてどれも力士の顔の特徴を捉えていました。

私も一緒になって紙相撲に興じたりしたが、その内彼が当時の力士の名前だけではなしにその経歴、加えて相撲の歴史的変遷の経緯までを全部覚えていたのにはいささか驚かされました。そんなものは知恵にもならぬ余計な雑知識だとは思ったが、しかし何にせよものごとを覚えて精進するということは頭のトレーニングにはなるに違いなく何もいわずにおきました。

親馬鹿でいう訳ではないが、彼がその後私の関わりある政治についてかなり辛辣《しんらつ》な批評をしたり注釈を加えたりする時、子供の頃夢中になっていた相撲の世界の故事来歴からそれにからむ裏側のからくりといった知識が、他の世界の出来事をも冷静に分析して眺めるよすがになっているのが今になってよくわかります。

考えてみれば相撲にせよ野球にせよサッカーにせよ、同じ人間の構築する利害と勝負の世界であり、政治もまたそうである限り、好きだった相撲の世界の図式をずらして当てはめれば、正しい分析も可能ということに違いない。

いつか曾野綾子《そのあやこ》さんと話していたら彼女が述懐して、昔苦手だった数学の特に嫌いだった二次方程式なんぞ、あんなに苦労させられていったい何の役に立ったんだろうかといったので、

「それはいささか見識不足じゃありませんか。あれは一見無味乾燥に見えても実は頭のトレーニングには格好の方法で、いわば体力作りのための腕立て伏せとか鉄棒の懸垂みたいなものですよ。あなたが短編小説の無類の名手である所以も、実は昔難儀しながらこなしてきた二次方程式のお陰に違いありませんよ」

と、たしなめたことがあったが、子供の頃強制されてこなした勉強も実は得手不得手に関わりなく、理科系文科系にも関わりなく、大脳生理学的には実は貴重な能力の蓄積に繋がっているのです。

まして子供が何かをきっかけにしてのめりこむ趣味ともなれば、それは彼自身の感

性との本質的な関わりにおいて、親にもわからぬ、親自身が備えていなかった資質が、結婚による子供の誕生という新しい機会を捉えて付与開発されたということかも知れません。そしてそれこそが人間全体の将来の可能性の暗示ともいえるに違いない。

しかしその観点からすれば、何につけ流行りのものごとへの傾倒というのは結果として大したものをもたらさないのではないかとも思う。当節、子供の世界で大流行のテレビゲームなどは親や教師にとって頭の痛いものといえそうだが、しかしなお、あした未曾有の遊び道具が、それに熱中する子供に結果としていったい何をもたらすかはわかりはしない。これは新しい大脳生理の問題ともいえそうです。

ただあれもまた一種のあてがいぶちのカリキュラムともいえそうだから、その意味では、何か基本的本質的な発見や体得を子供にもたらすものでは決してなさそうな気もしますが。

で、さてこの私が今の時代に子供を持ち、その子がテレビゲームに夢中になり続けていたとしたらどうするだろうかを考えることはあります。多分私は、家にテレビそのものを置くまいと決心するでしょう。そのせいかどうか、私は強制した覚えはないが、上が中学と下が来年小学校の長男の家にはテレビゲームの機器は一切ありません。

とにかく今まで家で子供が何かに夢中になっている時に、家内は母親として翌日決まった時間に子供たちを学校に送り出す立場として当然早く寝なさいと注意はしても、それで聞かぬ子供たちに彼女に代わって寝るように叱ってくれといわれても私は肯《がえん》じたことはなかった。

彼女はそれを、私だけがいい子になってのやり方で結局科《とが》は自分にかかってくるのだとはいっていましたが、私にいわせれば、好きなだけやらせておいてそれで明日学校に遅刻するとか学校の授業に齟齬《そご》をきたすとかはあくまで自分の責任であり、それを重ねている内に子供は子供なりに、熱中している趣味と学校というノルマとの兼ね合いの要領を覚えるはずだと思っていました。

思い返してみるとそれぞれの子供たちはそれぞれの時期時期に、実にいろいろ勝手な趣味を見つけてきて熱中していたものです。

山中湖にある別荘の、あまり人の泊まらぬ小部屋に部屋全体を占めるほど大きな天体望遠鏡が据えられています。据えてあるといってもそこで誰かが天体観測をすることもない。元凶は四男の延啓で、ひと頃親友の一人に五島プラネタリウムの一族の息子がいて彼の影響でか空の星に興味を持ちだしました。そしてその頃の私の親としての密かな趣味、というか歓《よろこ》びは、逗子の家の庭で空を仰ぎながら星の名前やその由来を彼から教わり、それぞれの天体の個性特色や、はては宇宙物理学の初歩的講釈を聞くことでした。

　私は今までヨットの試合であちこち世界の海を渡ってきましたが、天測で太陽を捉えて船位を測ることはあっても、星を使うということは滅多になかった。一度だけ正ナビゲイターが突然不参加となった二度目のトランスパック・レースでやむなくナビゲイターを務めましたが、レースとなったら日頃手慣れていた漁船天測法でラインが出てこない。何度やってもなぜか絶対に出ない。七転八倒した末に北極星緯度法なるもので正確な緯度だけを捉え、後はホノルルの緯度に沿って危険なジャイブ《下手回し》を繰り返しなんとかホノルルにたどり着いたが、あの時ほど星の有り難さを味わったことはありませんでした。

　ちなみにその時どうしてもラインが出てこなかった訳を、はるか後年、友人の豪華小型汽船で珊瑚《さんご》海のオスプレイ・リーフにダイビングにいった折に発見したのです。

元漁労長のベテランの船長が、珊瑚海の無人の小島でその夜の一時に、そこでしか見られぬという皆既月食があると教えてくれ、我々は酒を飲みながら待ち続けたのに一向に月は陰っていかない。

待ちくたびれて文句をいったら、船長が頭をかいて現れ、「私としたことが、オーストラリア東岸のデイライト・セービングタイム（夏時間）を忘れていました」と陳謝したものだった。

その瞬間、長年解けなかった謎が解けたのを一人で覚らされました。私もまた一九六五年のトランスパック・レースで、発進基地のカリフォルニアで行われていた夏時間のことを忘れていたのです。グリニッジタイムから一秒違えば一マイル誤差が出る天測で、最初から一時間という誤差を構えてラインが出てくる訳がない。

などということを思いおこしながら、真上に仰ぐ星について子供が熱心にしてくれる講釈を、「ふんふん」と頷いて聞くのは味なものだったが、友人の五島君と逗子の家にこもっては二人でレンズを磨き出して作り上げた巨《おお》きな天体望遠鏡も、その感性の変化と相まって当人の星への関心やら情熱やらが薄れてしまい、素人離れした完成品は今では覗《のぞ》く者もなく別荘の一室に据えられたまま眠っています。

しかしまあそれはそれでいいのであって、子供の移り気を無駄と咎めたりするのは間違っている。限られたある時間の熱中が、その子供にいかなるものをどのような形で育《はぐく》み残すかは実は当人にもわかりはせず、神のみぞ知るなのです。

子供は成長と共にその感性も急速に変化していきます。私自身ある時期平気で触っていた昆虫が、ある日突然不気味に思え手では触れなくなったのを覚えています。北海道にいた頃のある夏、日頃手でつかんでいた大きな殿様バッタが無人の座敷の真ん中に上がりこんでいるのを見ました。今までのようにつかまえようとしたら、バッタがその気配に身構えはっきりとこちらに向きなおった。

そして真正面から相手の顔を見つめなおした時、なぜか突然ぞっとしたのです。見なおしながら、もしこいつがこの三倍の大きさをしていたらどうなることだろうかとふと思った。そして私の方から後ずさりして部屋を出ていきました。

同じように、さらに長じて小学校高学年の授業としてカイコを育てさせられたことがあります。毎日近くの山に入って桑の木を探しその葉を千切って集め食べさせる苦労を重ねて育てました。やがて育ちきったカイコが繭《まゆ》を作り、その繭から先生が指導して絹の糸をつむいで穫《と》りもしました。

　そしてその翌年も同じ試みをしている間に、カイコの箱を据えてあった二階に鼠が出て、せっかくのカイコを食い荒らしてしまった。半分ほどが生き残っていたが、その無残な残骸《ざんがい》を眺めたらなぜか急に、哀れというよりただ汚らしく、こんなものになぜ今まで血道を上げていたのだろうかと急に疎ましくなって、生きているカイコごと裏のごみ箱に捨ててしまいました。

　あれはそれまでなかったある種の感性と想像力が私の内に培われ育っていたせいでしょう。それは当人自身にも感知出来ぬことだが、ある日ある瞬間に何かに触発されて発露してくるのです。子供が何かへの熱中に急に飽きてしまうというのはそのせいで、それも進歩の一つに違いない。


　人間の価値を表すものはそれぞれの人格であり、人格を表象するものは個人個人が千差万別に備えた個性に他ならない。そしてその個性の発露が感性です。芸術家の個性は彼の感性に依って作品として現出します。だから大方の他人と同じ感性の人間が真の芸術家たり得る訳はない。

私の今までの人生の中で、本当の師と呼べる人の存在はわずかなものでしかなかったが、中で抜きんでて強い影響を与えてくれた人は、奥野肇《おくのはじめ》という美術の先生でした。

奥野先生は当時「光風会」に属する気鋭の画家でした。実家は山梨の市川大門《いちかわだいもん》町の裕福な酒造りで、親に面倒みさせて悠々過ごせた身分だったが、仄聞したところ誰か人妻との恋愛が破綻《はたん》し、気分を晴らしに湘南の高校の美術の先生の口があると聞いて応募し赴任してきたそうな。

奥野先生の前任者のTというのはがちがちのアカデミシャンで、写実一点張りのおよそ面白みのない絵ばかり描く男でした。美術部の部員たちとの会話でどの色が明るいかという議論になり、互いに似通ったローアンバー、ウルトラマリーン、ヴィリジャンといった色に比べれば黒が一番「明るい」と私がいったら色をなして叱られたことがある。私にとっては黒がむしろ白よりも鮮烈に感じられたから、それを明るいと表現したのにTにはそれがわからぬ、というより感じとれなかったようです。

以来私はTが疎ましく密かに軽蔑もしていたが、心臓の病で急逝した彼に代わってやってきた奥野先生は、絵画なんてものは所詮、人間それぞれの感性の所産なのだ、だから四角なものでも丸く見えたら丸く描いてしまえばいいんだ、それが芸術というもんだと嘯くようにいってくれていた。そして私はそれにいたく共感したものです。

現に奥野さんは生徒たちとスケッチに出かけた時、森や川や農家なんぞというものには目もくれず、近くの国道一号線に出来たばかりのカルテックスのガソリンスタンドを描いていました。

私が驚いたら、

「だってお前、新しくって綺麗じゃないか」

といっていました。

そしてよく見ると確かに、当時は珍しかった白亜のガソリンスタンドは、辺りの風景の中で鮮烈で美しくもありました。

卒業してからも私は奥野先生と付き合い続け、物書きになってからは著書の装丁をお願いしたりもしたが、その先生も前任者と同じように、夏に生徒たちと遊びにいった榛名《はるな》湖で水泳中に心臓麻痺《まひ》で亡くなってしまった。

青春期における奥野肇という自由で奔放な人間との出会いは、私にある決定的なものを伝え与えてくれたと思います。それは人間の自由とは何なのか、自由な人間とは何なのか。即ち、己の感性を存分に発揮することこそが自由で理想の生き方なのだということです。

そんな出会いを踏まえて、私は後に読んだジイドのある文章に自分の人生を左右されることになりました。今までも何度かあちこちの文章に引用してきましたが、ジイドの名著『地の糧』の心の旅の案内人のあの悪魔的な誘いの言葉に私は共感し、結局それを私自身の生き様としてきたともいえます。

『ナタナエルよ、君に情熱を教えよう。

行為の善悪を判断せずに行為しなくてはならぬ。善か悪かを懸念せずに愛すること。

平和な日を送るよりは、悲痛な日を送ることだ。私は死の眠り以外の休息を願わない。

(中略)

私は、心の内で待ち望んでいたものをことごとくこの世で表現した上で、満足して

――あるいは絶望しきって死にたいものだ』

つまりは、己の感性にこそ忠実に生きて、死ねということです。

自分の子供たちがいかなる才能に恵まれているかいないかはわかりはしないが、私

は自分がよき師から伝えられた人生への暗示を、そのまま息子たちに伝えたいと願っています。

第八章　スポーツに関するわが家のＤＮＡ

わが家のスポーツに関するＤＮＡに関して確かなことは、私と息子たちは一流のスポーツマニアであることは間違いありませんが、アスリートとしての資質は、残念ながら二流といわざるを得ない。それはわが家の歴史の中で、私と息子の代に限ってのことかも知れませんが。

私の父は、残っている若い頃の写真を見てもずいぶん多くのスポーツを手がけていました。テニス、野球、ボートのエイトクラス、ラグビー、そしてゴルフ等々。趣味としてのスポーツの種目が限られていた当時としてはかなりのものです。

どの程度、どんな関わりがあったのかは知らぬが、卒業した野球の名門松山商業の野球部のどこかとの試合の後のＯＢを交えた記念写真に、かつてジャイアンツで名セカンドとして活躍し「猛牛」と呼ばれた千葉茂選手と並んで写っていたりしていました。仄聞したところ父は若い頃仲間内ではなかなかのスポーツマンだったそうな。

父のしていたスポーツで子供の目で眺めた記憶のあるのはゴルフくらいですが、故にも父のゴルフに関しては私なりにいろいろな思い入れがあります。小樽の支店長時代、小樽市郊外に当時おそらく北海道としてははしりのゴルフコース銭函カントリークラブがあって、シーズン中はほとんど毎日曜日に出かけていたし、小学校に通いだしてからは時折弟と二人を伴って出かけもしました。

当時のコースは現在の日本屈指の距離のある難コースとは違って、牛が放牧されているのんびりしたもので、子供心にコース中に散乱している牛の糞が気になって仕方なかったし、第一プレーしている当人は楽しかろうが、ただ側にいる私たちには親父がバーディーを出そうがＯＢを打とうが関心の持ちようもない。そこで後は近くの海岸で遊んだり、海にそそぐ小川で小魚を獲ったりしていました。

ある時一度、父の大事な客筋らしいゲストの子供と付き合わされる羽目になり、父としては子供なりの接待を期待したのかも知れないが、相手が小生意気な奴だったので弟と図ってうまく小川に突き落とし全身びしょびしょにさせてしまい、父もそれで懲りたのか以来ゴルフへ同伴の口はあまりかからなくなりました。

私が世の中に出てから、かつて同じクラブに属していた奇特な人物から、クラブ・チャンピオンシップに出場した折の父の活躍？ぶりを記した昔のクラブ会報を送ってもらったことがあります。

大事な試合に気負った飛ばし屋の父が、パー5のロングホールでバーディーを狙《ねら》って失敗しあえなく敗退した模様が記されていて堪能《たんのう》しました。

曰くに、

『この時石原君スプーンを取り出し、腕も折れよとばかりはっしと打てば、なんとボールは驚異の二百二十ヤードを飛翔し、一瞬見事グリーンを捕らえたに見えたが勢い余ってグリーンを駆け抜け、あえなくも背後の小川に姿を消した。

好漢、今後は大いに自重し、己の力を過信しまじきことを願う』と。

古き良き時代の父の姿が彷彿《ほうふつ》として目に浮かび、私としては声を放って笑い、かつ涙したものです。

その父も敗戦後間もなく起こった造船疑獄で先輩たちが姿を消した後、船舶業界の混乱の中で高血圧の身を抱えながら業務に腐心し続け、戦後日本で初めて出来た伊東のゴルフクラブに入会しながらも訪れてプレーする暇もなくとうとう五十二の若さで亡くなってしまいました。

高血圧を押しての接待の酒席で、相手がゴルフをたしなむ客と知ると、戦時中、昔のブリキで出来た外国製のビスケットの大きな空き缶に秘蔵していた外国製のゴルフボールを、いとおしみながら一箱ずつ取り出しその夜の贈り物として抱えて出かける父を、子供ながら同情して見送ったのを覚えています。

大学生となった頃から、そんな父が遺《のこ》していったベンセイヤー、ボビー・ジョーンズといった名器を勝手に取り出し、近くの逗子の海岸で、これまた秘蔵していた外国製のボールを持ち出しては打っていました。

後に、若くして物書きとして世に出られて文壇のゴルフ会にも出るようになり、そんな折、父がストックしていたロイアル・ブリティッシュなどという昔ならではのスモールサイズボールを、近くの鎌倉に住むうるさ型の永井《ながい》龍男《たつお》さんとか横山隆一《よこやまりゅういち》さんといった先輩たちにお裾《すそ》分《わ》けしてたいそう喜ばれ面目をほどこしました。

父の、当時としては、特に北海道では先駆者に近いともいえたゴルフへの耽溺《たんでき》ＤＮＡはゴルフ流行の当節では子供たちにも受け継がれ、絵描きの末っ子以外はどれもゴルフ好きとなっています。私も一時はシングルまでいったが、卒業後クラブチームのサッカー試合で受けたチャージが元で、当時乗り回していたフィン級のヨットのタフな練習も重なり、腰痛からヘルニアとなって手術寸前までいき、なんとか手術は回避したものの、そのお陰で八年間、さらに再開してまた四年間ゴルフの中断を余儀なくされ今ではもう昔の面影などありません。

成長しゴルフをたしなむようになった息子たちと行きつけのコースを回っていて、このホールは昔はこの辺りまでは飛んだんだがなと慨嘆する度、その頃僕はまだ幼稚園だったよ、昔のことばかり考えるのはあまり生産的じゃないよと慰められる、というより軽蔑されています。

それでも仲のいい芹沢信雄《せりざわのぶお》プロをオーバードライブする度、「おい、俺はプロじゃ飛ばし屋じゃないんだからな」と沽券《こけん》に関わるとばかりにいい訳をされるという次男の良純よりも、道具もボールも性能の悪かった昔でも私の方が飛距離はあった、というのも所詮、親というより男としての愚痴に過ぎまいが。

父もこなしていたテニスは、長男、次男、三男ともまあまあのところまできていますす。末っ子の延啓だけはいささか臍《へそ》曲がりで、テニスは不参加、ゴルフにもあまり気がなく、いつかかなりの難コースで続いてパー、パー、バーディーと出してみせた折に、「お前もう少し本気でゴルフをやれよ」といったら鼻で笑って、

「でもね、こんなもの、サーフィンで五十メートルもうまく波に乗り切れた時の快感

にはかなうもんじゃないよ。ま、親父の年じゃ今さら、すすめはしないけどね」

いわれた時には、なんとなく感覚的に理解、というより共感は出来ましたが。

そんな弟に触発されてか伸晃もサーフィンを始め、今では湘南《しょうなん》海岸の常連となっています。閣僚なんぞを務めてから白髪《しらが》が増えるとともに偏頭痛に悩まされていましたが、波乗りをするようになってから不思議に治ってしまったという。海の持つ特異なエネルギーのお陰でしょう。

なんであろうとスポーツに耽溺するというのは絶対に悪いことではない。そしてその信仰を子供たちにも受け継がせ、その体現によって自分の人生を造形させればいいと思っています。

子供たちにいわせるとわが家にはことスポーツに関しては忌まわしい遺伝子があって、それが祟って、今限りわが家からは絶対に優れたアスリートは生まれはしないと。それは何をしてもどうしようもない腰の硬さと高さです。

確かに私自身中学、高校時代は無類のロングキッカーでした。が、それで幅を利かせられたのは当時だけのことで、これが大学に行ってみるともうあまり通用しない。

「競り合い」と呼ばれたボールを持っての一対一抜きつ抜かれつの練習では相手に一度フェイントをかけられたり、あるいはこちらがかけても、次の動作では腰が棒立ちに近く伸びきってしまい機敏に次の対処が出来ない。

かつての時代のようにボールの質が悪く重かった頃には、雨の日の試合ではプレスキックはもっぱらまかせられたりはしたが、その内ポジションはフォワードからハーフバック、さらにフルバックへと格下げになっていきました。時代が変わり用具が進歩したこの頃、バスケットサッカーなどともいわれ出した動きが激しく細やかな現代サッカーではとても通用はしない体質であることはよく承知しています。

故にも、私は子供がいかなるものに熱中しようと一切干渉はしないと前に記しはしたが、一度だけその禁を破って、長男の伸晃が高校で体育会のサッカー部に入るといい出した時だけ結果の惨めさが十分予測出来たので、それは止めておけと熱心に忠告し、最後は命令に近い形でいい渡しサッカー部はあきらめさせました。

後々彼から、「あの時は本当に悔しかった。だから僕は以後親父には相談せずに、親父の全く知らない少林寺拳法を選んだんだ」とはいわれたが、結果として彼にとってもいい選択をさせたことになったとは思っていますが。

その証人として次男の良純が、私の知らぬ間に一時高校のサッカー部に入っていたらしいが、自分の腰の硬さに限界を感じ部から退いてスキーに転向してしまった。彼にいわせると、

「呪《のろ》われた腰の親父も僕も兄貴もサッカーに関しては、良き愛好者どまりでいた方が自分のため家族のためだと思うよ」

ということです。

それは己の限界を知ることでの人生への対処の術《すべ》、いい換えれば「謙虚」ということの大切さへの認識の効用ともいえるはずです。というのは負け惜しみにこと借りてのいい訳か。

良純にいわせると、「それでもなおわが家で一番体が柔らかいのは親父だよ」だそうで、確かに伸晃などは私が開拓したある特別のストレッチ整体を受けるつい最近まで膝がうまく開いて揃わず、あぐらがかけぬという体たらくだった。

だからせっかく始めた少林寺拳法の稽古でも正座以外に座れずに往生していました。他の仲間があぐらをかいて試合や稽古を見学している間、彼だけは礼儀正しく？いつも板の間に正座していたせいで、師範や先輩たちからはいたく評価されていたとか。

それも親からの遺伝のお陰ということか。

結果として種目や好みの濃淡、技量に関しての違いもあるが、息子たちの誰もが無類のスポーツ好きになったのはＤＮＡの好ましい結果とは思います。

スポーツに関して私には人生に深く関わる哲学があります。

それは、『健全な肉体には健全な精神が宿る』という哲理の裏返しとして、人間が年をとり肉体的に衰えていった時、かつて肉体を鍛えることで培った健全な精神こそが、衰えた肉体を支えてくれるというものです。それは他の動物にはあり得ぬ人生の条理です。

それを証す貴重な体験として、スポーツにおける肉体の鍛練がいかに肉体そのものを向上変質させ、それが人生に得がたいものをもたらしてくれるかということを私自身はしみじみ味わわされました。

子供の頃、特に北海道時代、私はひ弱で毎冬何度となく風邪を引き、扁桃腺《へんとうせん》を腫《は》らして発熱し床につかされました。そして、その枕元でやってきた友達と元気に遊んでいる弟が羨ましくて仕方なかった。いっそ扁桃腺除去の手術を受けさせようかと親たちも思っていたようですが、なんとかそれはせずにすみました。

そんな体質が、父の転勤で湘南に引っ越してきて、旧制の湘南中学に入って戦争が終わり、母校の代表チームが全国大会で優勝したのに刺激されて入ったサッカー部で、しごきというよりいびりに近い猛訓練を連日ほどこされ、それになんとか耐え切ることで自分の体が目に見えて変質していくのが如実にわかりました。

日の暮れるまでグラウンドでしごかれ、駅まで二キロの道を歩いて列車に乗り、さらに乗り換えて逗子の駅に降り立ち、まだバスも動かぬ時代のこととて駅の水道で水を飲みとぼとぼとさらに二キロの道を家を目指して歩きだす。空腹にたまりかねいつも途中にある八百屋の店先の井戸から水を汲《く》んで飲み、なんとか家までたどり着く毎日でした。

そんな反復が私の体質に何をもたらしたかは私自身にしかわかりはしません。しかし多分親たちも密かに目を見張る思いで眺めていたに違いない。以来私の肉体の強度は弟に追いついたし、父の死後弟が高校生ながら始めた道楽のマイナス効果に逆行して、私よりもはるかに運動神経の優れていた弟に比べても、私のスポーツへの耽溺、というより私のすべての思考や行動を支えるいわば原点としての、肉体に依る「行為」が私の人生を支配するようになりました。

それはそのまま子供たちに容易に受け継がれ、彼ら自身の人生の潤いと糧になっていると思います。


だから私にとっての楽しみの一つは、息子の誰かが何かのスポーツに夢中になっている瞬間を垣間見ることです。

私の父は早逝したので、残念ながら父と一緒に夢中になってスポーツをしたという記憶はありませんが、特に男の親子の関わりの中で何よりも端的で強い印象を残してくれるのは、ある肉体的な行為を通じての関わりに違いない。

私たち親子は私から三男までが同じテニスクラブに所属しているせいで、年に何度か偶然クラブで顔を合わせプレーすることがあります。そんな折の親の感慨というのは、多分子供たちの理解には遠いものだろうし、彼等が親になってからようやくわかることに違いない。とにかく楽しいし、幸せです。父が早逝したせいで、時折ゴルフをしたりテニスをしている最中にふと、ああもしここに親父がいて一緒にプレーしていたらどんなに楽しかったろうなと思うことがよくあるものだから、なおのことです。だから、私自身が参加していなくとも、息子が何かのスポーツに夢中になって汗をかいているのを眺めることにも、妙なエクスタシーを感じます。

次男の良純はいつの間にかランニングマニアになって、暇を見つけてよく走っている。逗子の家にいる時など、「暇だからちょっと走ってくるよ」といって出かけ、しばらく姿を消して戻った彼に質すと、鎌倉の外れの江ノ島まで走ってきたと。

「帰りも同じ道を走ってもつまらないから、少し遠回りして鎌倉山から極楽寺《ごくらくじ》を抜けてきたけど、あの辺り古くてなかなかいい家があるんだね」

などといわれると大いに頷かされる。

逗子の家から江ノ島までは由比ヶ浜《ゆいがはま》を抜け、さらに七里ヶ浜にそって十キロ近くあろうが、回り道を加えて二十キロ走る散歩というのは親としても聞くだに好ましいし羨ましいし、そのあとの酒の味も格段だろう。

いつか真夏の久米島《くめじま》にダイビングに行った時、ある朝、朝食に降りていったら彼が朝っぱらから大ジョッキーで生ビールを飲んでいる。朝からなんだと咎めたら、朝飯前に湾の向こうの五、六キロほどある岬まで走ってきたが、途中で陽が昇って凄い日射《ひざ》しになってしまい、まいったからと。親馬鹿としては、かかる朝酒には極めて強い共感を覚えてしまう。

ちなみに彼は走る揚げ句にマラソンに迷いこみ、一番田舎のハワイ島のマラソンに参加するようになって、三度目にはようやく四時間を切ったそうな。

「なんだ、四時間を切るなんぞ当たり前の話じゃないか。せめて三時間を切ったというなら自慢にもなろうが」

馬鹿にしていったものだったが、後に「Qちゃん」こと高橋尚子《たかはしなおこ》選手の育ての親の小出義雄《こいでよしお》監督に話したら、叱られ、たしなめられました。

「石原さんね、息子といったって四十に近い大人が発心してフルマラソンを走るというのは大変なことなんですよ。それも四時間を切るということがどれほどのことか。まあ素人にはわからないでしょうが」

と。

そういえば良純から聞いた話で、三度目の折、残り何キロかというゴールの間近で突風に帽子を飛ばされたそうな。拾おうとしたが、今まで走ってきた脚を一瞬とはいえ急に止めたら痙攣が起こりそうで、その予感の中で、暑さも厳しい痙攣も怖い、しばらくの間その場で足踏みしながら迷いに迷った末、その間の日射しの強さにたまらず、ついに思い切って一瞬立ち止まりかがみこんで帽子を拾いなおして走りだしたということだった。

わが子故にもいっそう、私はこの挿話に感動しました。マラソンという厳しい行為の、体を極限的に使っている中で突風に帽子を吹き飛ばされ、それを拾うか拾わぬかで喘いで足踏みしながら迷いに迷うという状況をいったい何にたとえたらいいのだろうか。

無理したアナロジーを重ねるつもりはないが、人生の中では必ずこうした瞬間が在ります。それが在るということを大方の人間は知らずに生きていき、それに突き当たった瞬間にたじろぎ迷い、敗れもする。彼がその瞬間的な選択を正しく行えるかどうかは、仮に良純にそれがいつか何か別の形で起こったとして、彼のマラソンの体験がそこでにわかに役に立つというものでもありはしまいが、なお――。

なおしかし、田舎の島でマラソンというほとんど完璧《かんぺき》に無償な行為に彼が赴き、それをともかくもこなしてくるということの意味合いは実は彼にもよくわかりはしまいし、付き添っていく彼のスタッフにも理解を超えて関わりないことだろうが、しかしこの世でただ一人、男親の私にだけは実によくわかることなのです。

たとえ彼がいつか人生で突発した出来事に敗れはしてもなお、彼は少なくとも他の男たちよりはそれに耐えられるに違いない、いや必ず、そのはずだ。その理解こそが父親と息子のいうにいえぬ根源的な関わりというものなのだと思う。

形は違うが、この書き物の冒頭に記した、死んでしまった父親の亡骸《なきがら》の冷たい頬に触れた時に、私が初めて感じたあの強い共感のようなものの本質は、そういうことではないでしょうか。

第九章　酒はわが家の伝統

別に息子たちに、ことさら範を示すつもりででもないが、私は今でも自らに肉体の肉体的使用を強《し》い続けているし、またそうすることが、私という人間を私として保たせてくれていると思います。

故にも私は十年に一度ずつ何か新しいスポーツを手がけることにしてきました。十代からやってきたサッカーで、クラブチームでの活躍にもそろそろ限界を感じ始めた三十代では、子供の頃から手がけていたヨットや親父の遺した道具のいわば廃物利用から始めたゴルフは別にして、新規にテニスを始めたし、四十代ではスクーバダイビングを始めました。

ダイビングでは北極海を含めて世界の大方の海で潜ってきたし、秘境の海での水中の記録映画を二本監督もしました。水中でのもろもろの体験は、ここでは詳述しないが私自身の人生観、というよりかつては水棲《すいせい》動物だった人間の本質と、その存在なるものの意味を考えなおさせるほど多くのものを与えてくれました。

そして五十代ではウインドサーフィンを試みたが、持病の腰痛のハンディキャップがあって、それに代えてヨットの一種、マルティハルのカタマランを本気で始めました。暇があれば選手権試合にも出たいと思っています。

六十代では、ありふれたようで私独特の水泳トレーニングを始めました。自慢ではないがこれは一種のコロンブスの卵的発想で、スポーツクラブのプールでダイビング用のマスクとシュノーケルをつけて泳ぐ。

ダイビングで慣れきったギアをつけると、泳ぎながら咳をしようがくしゃみをしようが、また独り言をいいながらでもきりなく泳ぎ続けられます。水泳の選手でない限り普通の人間はクロールで五十メートルも泳ぐと息継ぎのせいで心臓に負担がかかってきて、よほどの人間でもまず一度に百メートルが限度となる。

がシュノーケルをつけていると（もちろん、足ヒレなどはつけない）、インターバル無しで、気軽に散歩を続けるように千メートルは簡単に泳げます。私はこの方法でいつも最低千か千五百メートルを泳いでいるが、私に薦められこれを試みた友人たちから等しく感謝されています。

ちなみに、ＮＨＫのなかなか有効な知恵を授けてくれる番組『ためしてガッテン』

によると、全身運動となる水泳は血管の老化を防ぐに何にもました手立てだそうな。ついでにいうと、眺める度退屈なのによくまあと思うジムでのサーキットトレーニングほど血管の老化を促進するものはないそうな。

そして七十になって、一番簡単でかつまたスリルのあるスポーツをと探していたが、ある男から一番練習が簡単でこの上ないスリルそのもの、ということは最後は度胸次第ということだと教えられ、スカイダイビングを選びました。

確かに練習なるものは、どこでだろうと床に据えた高さ三十センチほどの箱から両手を広げて飛び出し、目をつむったまま空を落下していくつもりで、ゆっくりと確かに数を十数えた上で、胸のどこぞにあるコードを引いてパラシュートを開くだけなのです。

忙しい人間にとっては至極簡単、時間をとらせぬ練習方法で、ならばとその決心をしインストラクターの紹介を受けたのだが、彼と予定を打ち合わせ来週某所から小型飛行機に乗りこんで最初の空中遊泳をするつもりでいたら、夜のテレビニュースで、どこかの河原の上空から処女ダイビングを試みた女性が、インストラクターごと二人してパラシュートが開かずに墜落して即死したとの報道を見ました。そして河原の地面に人間二人が墜落して開けた大きな穴までが映し出されていた。

　ということで、これはあるいはご先祖の有り難い忠告かも知れぬと考え、スカイダイビングは一応敬遠することにし、目下他の好ましい新スポーツを物色しています。

　ということを息子の一人に話したら、

「それでこの先、いったいいくつまで生きて、いくつの新種を手がけるつもりでいるんですかね」

　皮肉な顔で聞き返されましたが。


　しかし何だろうと自分の意思でわずかでも困難な目的のために、自らの体を督励して動かすということは絶対にいいことと思う。

　いつか対談した、すでに九十を越してなお矍鑠たる聖路加《せいルカ》国際病院名誉院長の日野《ひの》原重明《はらしげあき》先生曰くに、長寿にしてぼけずにいる秘訣《ひけつ》は、折々に密かな目標を立ててそれに挑戦してみることだと。

　例えば、飛行場ターミナルビルの廊下で同じ飛行機から降りたごく年配の人を見つけ、彼が動く歩道に乗ったのを見たら、その横を自分は手荷物を持ったり車つきのラゲイジを引っ張って、徒歩で歩いて相手を追い抜こうとしてみるといった努力を重ねることが若さを保つ秘訣であるという。

いかにもと共感出来ます。そうした秘めたる競争心という健全な精神こそが、老いては逆に肉体を支えて守ってくれるのです。

ということを私としては日頃口酸っぱく子供たちにはいい続けてきたが、彼らの、少なくとも一流の「スポーツ愛好ぶり」を眺めれば、わが家の伝統の一つはまあなんとか受け継がれ保たれてはいるようで、父親としては欣快《きんかい》です。

さて、酒もまたわが家における大事なＤＮＡのファクターです。ありていにいえば私の父も弟も酒が元で若死にしてしまった。ともに五十二という若さででした。

父の酒に関する伝説は子供の頃から聞かされていました。結婚前の若い頃、汽船会社の正月元旦の宿直を買って出て、その間事務所に届けられていた日本酒一ダースを一人で飲んでしまったそうな。

戦争が始まる前、港としてブームの頃の小樽という北海道で一番景気のいい町の支店長として赴任していき、私の記憶ではほとんど毎晩町の料亭での宴会続きでした。

当時花柳界での父の渾名は「ドンチャン」ということだったそうで、由来はドンチャン騒ぎの真ん中にドンと座っているということだったに違いない。

後に政治家となってから知り合った新日鉄の会長で経団連の会長ともなった齋藤英《さいとうえい》四郎《しろう》氏にある時、

「いやあ君のお父さんには小樽時代すっかりお世話になったんだよ。僕もまだ独身だったしね、酒から芸者からさんざおごられっぱなしだった。懐かしい時代だったよなあ」

といわれては、息子としても欣快とせざるを得まい。

そんな席での痛飲が元で、当然のことながら高血圧症となり、小樽時代には三度も自宅でかなりの期間の断食をしていたし、二度も医者が飛んできて応急の対処に洗面器一杯になるほどの瀉血《しゃけつ》をしたりもしていました。

今から見れば乱暴な方法だが、太い注射器で血管から抜き取った、白いホウロウ引きの洗面器一杯の鮮血を抱えて厠《かわや》に捨てにいく母を垣間見て、私としてはその頃から父親の酒と関わる宿命を予感していたような気がします。

大きな戦争が始まる前の、大陸に向かい合った港での激務が酒なしで勤まる訳もなかったろうが、しかし根っからの酒好きという体質が父や、そして弟の人生を規定したともいえそうです。

子供の頃に何やら父の仕事に関する言葉として耳にとまり覚えているのは、当時の古い電話で、多分向こうは東京の本社だったのだろう長い会話の中で父が少しいらいらした口調で繰り返し交換手に告げていた「継続」という言葉と、父が年に何度か本社や他の業務地に出かける「出張」。特に「出張」は帰る度にポケットから小物の魅力的なお土産を取り出してくれたものだったので、我々兄弟にとってはことさらの意味を持っていました。

そして「宴会」は何やらその意味はわからぬまま、父にとっても楽しげなものらしく、それがなぜか女の母にとってはあまり好ましくはなさそうだということも。

父は晩年高血圧に悩まされ続けていましたが、しかしそれもしげしげの宴会で口にする酒のせいだったに違いなく、東京に戻ってからはともかく、戦争前の当時大陸との行き来で小樽が日本で最も有力な港として栄えていた頃、小樽では最大のシェアを持っていた山下汽船の支店長という羽振りの良さから当人も相当いい気で飲み続けていたに違いない。つまり根本的に酒好きの人種だったのだろう。

「宴会」なるものの正体は、ある時会社の社員旅行で洞爺湖《とうやこ》温泉に私たち兄弟も母と同伴させられた折に知りました。温泉に入った後パジャマ姿のまま社員に案内されて大広間にいくと父の隣に座らせられ、湯上がりのビールならぬサイダーを、着飾った芸者さんに注いでもらい満喫し、宴会が子供にとってもいかに魅惑的なものかを理解することが出来ました。

後々弟は、「俺が最初に道楽を覚えたのはあの時だなあ。親父も罪なことをしたよな」などと他人ごとのようにほざいていたが、大小、形やところは別にしても弟の、自分が中心になっての宴会好きは父から受け継いだＤＮＡに違いない。

宴会を支える酒に関しては、母の方もかなりいける口だったと思う。

私がベトナム戦争の取材に出かけ、戦争につきものだというA型肝炎にかかって帰り、多分一生に一度だろう半年もの間酒を断って家で療養していた時、夏前の暑い日、プールで軽く泳いで上がって来た私の前で母が、

「ああ、いい日だねえ、いよいよ夏だね」

いいながらお手伝いさんにビールを持ってこさせ、喉《のど》を鳴らして飲み干した後、間

近で固唾をのみながらそれを眺めていた私に気づいて、
「ああ、悪かったねえ、お前の前で」
と謝られた時、瞬間思わず涙が出そうになったのを覚えています。あれは親子の間ながら、しみじみ酒が好きな同士の一種の共感といえたに違いない。

ということでわが家の酒に関するDNAは、両親がそんなことだから当然子供二人にも繋がり、さらに分かれて私の方は、家内にも酒に関するさしたる疎外要因は無さそうで、子供全員がかなりの酒好きとなりました。

中で一番酒好き、故にもアルコールに強いのは次男の良純で、叔父の裕次郎と同業の俳優でいるが、弟に比べればまっとうな職業意識もあって控えるべきところは控える節度は保持しています。第一彼が叔父と本質的に異なる点は、無類の運動神経を持っていた弟がなぜかそれを発揮するスポーツにあまり関心がなかったのに比べ、彼の方は能力のレベルは別にし無類の運動好きでいます。これは飲む酒を相殺する良き習慣には違いない。

私にとっても酒に関する思い出は実にいろいろある。

学生時代、九月のまだ暑い頃の練習試合の後、就職の決まったサブキャプテンのキーパーがあるビール会社の社長の親父に断ってきたので、就職祝いの今夜は渋谷の直営のビアホールで飲み放題に飲ましてやるという。

舌なめずりした私は、お節介にも試合の後水を飲もうとする仲間を止めて我慢させ、そのまま渋谷に直行してただのビールをがぶ飲みしました。

一リットルの大ジョッキを六杯半飲んだのが限度で、トイレをすませて出たものの目の前の駅でたまらずまたトイレ、東京駅に出て横須賀線に座って帰るつもりが、そこでもたずにホームの端っこで三人並んで立ち小便をしていて駅員に怒鳴られたが止まらず、謝って続ける内電車が入ってきて目の前を通過するのには参ったものでした。今の豊かな時代性もあって息子たちには酒に関してそこまでの意地汚さはなさそうですが。

私の議員時代、在日のアメリカの友人からある人物が日本からの退去命令を受けているのでなんとか助けてもらえぬかといわれました。いかなる人物かと尋ねたら、プリンストン大学の助教授だという。そんなインテリがなんでまた好ましからざる人物とされたのか興味があったので事務所で会ったら、彼の来日の目的が、マリファナは決して有害なドラッグではないというキャンペーンだそうな。それは聞くだに危うい話で、この日本でそんなことをいって回ったら当局に睨まれるのは当たり前の話です。

彼は精神医学が専門で、その見地からとくとくとマリファナの効用を説いてくれたが、日本の国会議員の私としては聞き流す他ありはしませんでした。第一私はドラッグなるものに興味がないし、痛みをこらえるために病院でモルヒネを射たれたとか何かで、それを必要としたこともない。

でついでに、「この世で一番危険有害なドラッグは何なのか」と尋ねたら、あなたは何だと思いますかという。こちらは皆目知識がないから、知る限りの範囲で、「ヘロインか」などと尋ねたら鼻で笑われて、

「この世界で一番危険で、人間たちに広く深く悪い影響を与えるドラッグは酒です」ときた。

返答につまって、「ふむ、なるほど」と首を傾げながら苦笑いする以外になかった。人間の歴史を振り返ってみればなるほどとも思えるが、しかし酒が人間にいかなる

ものを与えたかは想像に余るものでもある。酒がもたらした文化的効用はとても口で表しきれるものではあるまい。しかしその一方酒に溺《おぼ》れた人間の悲劇喜劇もこと欠かない。それもまた文学の一つの主題となり得てもいますが。

私のアルコールとの最初の出会いは、誰か悪い先輩にそそのかされてなどということではなしに、ある偶然によるものでした。

高校の頃の夏休みの間、母にいわれて毎夕方、やがて帰宅する父のためにも庭に水を打って辺りを冷やすのが日課でした。門の脇の藤棚《ふじだな》の下にある井戸からシートをつけたバケツで冷たい井戸水を汲み上げては庭中にぶちまける。冷房などなかった頃、打ち水はたいそうな効果がありました。

そんな作業の最中に、母が父の晩酌に備えて井戸の底に下ろして冷やしてあったビールがバケツのシートにひっかかってしまい、一度引き上げたはずみに三本束ねてあったビールの内の一本が外れて落ち、瓶の首の辺りが折れてしまった。

折れ方がすぱっと切り落としたようになってガラスの破片も散らばらず、中から泡だって溢れてくる琥珀《こはく》の液体が気になって、思わず瓶の折れ口を気にしながら口をつけて一口飲んでみたら、小広い庭中に水を撒《ま》く作業で汗ばんでいた体に、初めて口にした液体はまさに甘露として染み渡りました。

それは私が今まで味わったことのない、なんといおう、しみじみした衝撃を伴った飲みものであり、まさに未知との遭遇ともいえる私の人生の中での極めて印象的な出来事でした。

その夜帰宅した父との夕食で私は夕方の出来事について臆《おく》することなく報告し、割れたビール瓶から溢れ出た液体を思わず口にしてみた時の感動について話し、さらに願わくば父の晩酌の相伴《しょうばん》にあずかりたいと悪びれることなくいったものでした。

いわれて父が怒るなどとはなぜか想像もしていなかった。はたせるかな父は相好《そうごう》を崩して頷き、自分のグラスを差し出すではなしに、母にいってわざわざ別のグラスを運ばせ、弟にも促して三人の酒盛りとあいなりました。母もそれをどう咎めたり懸念したりする様子もなかった。

あれはわが家における一つのメルクマールともいえる瞬間で、酒を介してあの時私と弟の元服が行われたのだといえそうです。子供の初めての飲酒に親が立ち会うということの人生的な意味合い、などというと大袈裟にも聞こえようが、少なくとも私や弟にとっては男としての自負への親からの容認ともいえそうな大切な分岐点だったという気がします。

私が愛好した作家のヘミングウェイについて、彼と起居を共にもしたジャーナリストのホッチナーが書いたメモワールの中に、酒に関する素晴らしいエピソードがあります。

有名になりおおせたヘミングウェイが取り巻きたちを連れて思い出のパリに出かけた時、定宿のホテル・リッツで、これから出かけるロンシャンの競馬場での馬券の予想に夢中になっていた彼の横で、失恋の憂さ晴らしに同行してきたという若い女が、「気持ちが治まらないから、生まれて初めてお酒でも飲んでみようかしら」とつぶやいた。それを聞いたヘムがたちまち手にしていた予想表をほうり出し、「君は本当に生まれて初めての酒を飲むつもりなのか」と念を押して、ならば迂闊に酒を決めたりするなと、彼女に代わって初めて飲むべき酒を考えぬき選んですすめたそうな。

ちなみに彼女は生まれて初めての酒の酔い心地の良さに感動して杯を重ね、揚げ句にはやがてアル中になってしまったとか。酒とても彼女の傷心を慰めきれなかったらしい。

で、その時ヘミングウェイが彼女のためにいったいどんな酒を選んでやったかに著しく興味がありました。答えは本の中に記されていましたが、私は新しく出会ったバーテンダーの腕、腕前といっても客相手に積み重ねてきた経験の厚さをも含めた相手のプロとしての力量を試すために、「君ならそんな相手にどんな酒をすすめるかね」と質すことにしています。

ろくでもないバーテンダーは平凡でろくでもない答えしかしないが、年季を積み人間の観察も重ねたバーテンダーは大抵いい当ててきます。

ちなみに日本ではバーテンダーのことをよくバーテンと呼び捨てるが、バーテンなどと呼ばれるバーテンダーは所詮ろくなカクテルも作れぬバーテンでしかない。欧米の優れたバーテンダーは客たちからも一流の人間として認められ尊敬もされています。

いかなるバーもそこにいるバーテンダーの存在が雰囲気のすべてを左右してしまう。アーウィン・ショーの名作『ビザンチウムの夜』のエンディングで、復活寸前に胃潰《いかい》瘍《よう》で吐血し、大養生の後ようやく退院した映画プロデューサーの主人公が、医者からいい渡された禁を無視して行きつけのバーに直行し、彼を迎えた馴染みのバーテンダーは黙っていつものウィスキーのストレートをダブルで差し出し、一気に空けた彼にまた黙ってお代わりを差し出す。

そのまま店を出た彼の頭上にマンハッタンの夕空は輝いている。

そして最後の一行は、

「バーテンダー・ワズ・ビューティフル」と。


私たち兄弟に未成年ながら快く頷いてビールを注いでくれた父は、酒飲みの先輩としてまさにビューティフルでした。

以来、酒はわが家の輝かしき伝統として定着し、私は食事に同席して酒を飲まぬ息子は許さない、というよりわが家においてはあり得ないこととなっています。

そんなせいで、いつしか息子たちの誰もが、こと酒に関しては私を凌ぐ一見識二見識を備えるようになりました。

確かに時代のもたらす便宜性は酒の流通や情報においても瞠目《どうもく》すべきものがあって、昔は品物そのものが敏感で長い時間の運搬に堪えられなかったような食品、例えば日本海でしか獲れぬあの可憐《かれん》な味わいの甘海老《あまえび》なんぞも今日では東京のどこにいっても少し気の利いた店にならば置いてあるし、それに合った地酒もふんだんにあります。

次男はテレビの仕事柄地方に出かけることが多く、食べ物や酒プロパアの取材もある。故にも相手も宣伝をかねて大事な客としてくれるし、顔も広がる。うっかり何かを褒《ほ》めるとたちまちその品が山と送られてくるそうな。

この前どこかで久し振りに蒲鉾《かまぼこ》の一種の鳴門《なると》を口にして懐かしく、褒めたら（そういえば最近はラーメン流行りではあるが、あのあまり上品とはいえぬ鳴門が色かざりとして一片添えてあることは少なくなってきました）、鳴門が二十箱も送られてきたそうな。

「しかしさ、送ってくれた相手には悪いけど、鳴門は走り回って周りに配るというものでもないしねえ」

といっていましたが。

ということで彼の家のワインセラーを開くと、高級ワインならざる、かなり珍しい地方の名酒が並んで収まっている。いつか覗いて、

「なんだ日本酒ばかりじゃないか」

いったら、

「そうなんだよ、敏感な酒ばかりで、外に置いておくと微妙に味が変わっちまうんで

ね、この分じゃワインセラーがもう一つ要るかなあ。それにしてもこのせいで俺この頃段々日本酒党になっちゃって、気をつけないと太るしなあ」

まあ贅沢な愚痴をいっていたものだが。

彼は日本酒業界の出していた『ＴＡＲＵ 樽』という雑誌に酒に関するエッセイを連載していたが、親の目で見てもこれは彼の他の書き物よりも面白い。年中あちこち走り回っている仕事柄から、酒に関する味わい方が独特に相対的で、時折なるほどと頷かされます。

しかしまあ若くして酒の通となるのも善《よ》し悪《あ》しの話だが、これもわが家のＤＮＡのもたらす因果というものか。

第十章　酒という教育

アメリカという国は極めていびつな国で、ことの善し悪しに関しても信じられないことを平気でやってのけるところがあります。人間が人間を品物として売買支配する奴隷制度なる悪しき習慣を、世界の中で一番遅くまで続けていたのはアメリカです。かつてリンカーンが奴隷を解放したと人々は信じていますが、それは奴隷制度を廃止しただけで、その後も彼等は公民権は与えられずに差別され迫害され続けてきました。彼らに他の国民と同じ公民権が与えられたのは四十数年前のジョンソン大統領の時代になってからでしかない。

同じ種の偏見といおうか思いこみがあちこちにも見られます。私自身は煙草は吸いませんが、多くの人間の趣味として定着してきた煙草をこの現代になって、肺癌との関わりはあるのだろうが、それにしてもあれほど突然熱心に社会から締め出そうとしているありさまはいささかヒステリックとしかいいようがない。

その伝で彼らはかつては酒を飲むことを全社会的に禁止してかかったものです。禁酒法なる法律をいったいどういう神経で考え出し徹底しようとしてかかったのか、私のような酒好きの人間にはとても理解出来ない。

古来、酒は文化の象徴でもあって、酒のもたらすイントクシケイション（陶酔）なる作用が、人々をある種の解放に導き、想像力を刺激し、さまざまに新しきものごとをもたらし、それに付随してさまざまな悲劇も喜劇も誕生してきたのです。

前にも記したマリファナを絶賛していたアメリカの若造学者は、最悪のドラッグは酒だなどとほざいてはいましたが、それはその普遍性のもたらす、ある最悪の耽溺事例を踏まえてのことであって、その酔い心地と醒《さ》めた後の症状の軽さからして酒ほどプラスの効果をもたらす他の物を私は知らない。

それ故にも高校生の頃親父の飲み分のビールを割ってしまって詫びた私にそれをきっかけに飲酒を許してくれた父親の寛容、といおうか人生における酒の意味合いへの理解に心から共感、感謝せざるを得ません。

ということで私もまたそんな父の遺志、というよりも人生に関わる感性を受け継いで子供たちには酒を、そう、ある場合には強いもしています。いい年をして同じ食卓にいながら親の私と一緒に酒を飲まぬような息子は息子ではない、とまではいわぬが息子は酒を飲まぬ友人を間違っても家に連れてくることはなくなりました。以来めし、食事の間中私の態度が豹変《ひょうへん》してしまったのに息子も友人の方も気づいて、興ざ食を共にすることになったが、その男が根っからの下戸《げこ》で酒を飲めないと聞いて考えただけでも疎ましい。いつか息子の一人がある友人を家に連れてきてそのまま夕

というわが家の家風がどう漏れ伝わったのか、ある時早慶戦の後の飲み会で、まだ高校一年生だった弟の延啓を連れていった三男の宏高とその仲間たちが、まだ酒に慣れてもいない延啓に大酒を強いて当人もいい気になってがぶ飲みし泥酔してしまい、吐いてグロッギーになって身動きも出来なくなってしまった。往生した宏高が出先から電話してきて、親馬鹿の家内が心配のあまり飛んでいき二人してなんとかタクシーに乗せて運んできました。

車内でも吐かれて迷惑千万の運転手はそのまま手もかさずにいってしまい、母親と兄と二人してなんとか玄関まで引きずりこんだが、二人ともそこで力尽きて三和土《たたき》の上に大の字に伸びたっきりの彼をその先どうにも出来ない。

その気配で二階から降りてきた私に、三男は直立不動で、

「すみません、僕の責任です。ついつい飲ませてしまって申し訳ありません」

最敬礼されても、当人は石の上に寝たっきりで動かない。

家内は心配のあまり、「医者を呼びましょうか」などというので、

「そんなことする必要ない、こらっ自分で這って上がれ」

怒鳴ってもぴくともしないので、

「よしっ、バケツに水を汲んでこい。頭からぶっかければ動くだろう」

いった途端、酔っ払いは突然動きだし、懸命に三和土から玄関の絨毯《じゅうたん》の上まで這い上がってまたそのまま動かなくなった。家内がその上から二枚三枚と蒲団をかけ、当人はそこで翌朝まで眠っていました。

どこの家にもありそうな出来事の風景だが、私にはなぜかひどく愉快なことに感じられてならなかった。

昔々私自身がいい気になって泥酔し、先輩の下宿に担ぎこまれて翌日も夕方まで動けずにいたことがありました。こんなつらい思いをするならもう二度と酒など飲むまいと自ら誓ったものだが、夕刻ともなり寮の部屋で仲間が一杯やりだすとそれまでのつらさの記憶は薄れて、すすめられるままに茶碗を差し出したものです。

がぶ飲みの末の宿酔《ふつかよい》というのは男にとって童貞を破るのに似た一種の通過儀礼のようなもので、あれを体験しない者は本当の酒のみになれはしないし、本当の酒の味もわかってこない。

あの後も何かの弾《はず》みでいささか飲み過ぎて吐いたりしたこともないではないが、泥酔、宿酔の原体験があると、「ああ、昨夜は少し度をすごしたかな」などと冷静な自己批判も出来て、次にはさらに抑制も利いてくる。つまり酒のみとして段々利口にもなる。ということで延啓の初体験は、家内が後々目に角立てて叱ったりすべきものではないのです。

酒に関する配慮というのも、そうした経験の積み上げの上に出来上がっていくもので、それ即ち大人の知恵というものだ。私なんぞ寮にいる頃誰かとどこかでしたたか飲んで部屋に戻って、どうもチャンポンの組み立てが悪かったので下手すると夜中に吐いたりするかも知れないと、床に入る前あらかじめ自分の洗面器に古新聞を敷いて枕元に置いておきました。

後で戻ってきた寮友たちがそれを眺めて、「こいつ用心がいいなあ」と笑っていたが、備えあれば憂いなしで、洗面器の世話にはならず朝まで熟睡しました。
　それよりも翌朝目を覚まし昼近く授業に出ようかと身支度してみたら、昨夜してい
た腕時計がどこにもない。上着やズボンをひっくり返してみても、どこに潜りこんで
もいない。
　当時の腕時計といえば当節とは違ってたいそうな貴重品で、学生の中には時計を持
たぬ者も大勢いたほどでした。時計は死んだ親父の遺品で古くはあったがロンジンで、
形見というほどのものではないにせよ、なくしたとなると家でまた親父の遺品の中か
ら調達しなくてはなるまいが、そういうことには目端の利く弟が他の品物を質に入れ
たりしてどう活用してしまっているかわからない。
　しかしどう探しても見つからぬ物は見つからず、あきらめて教室に向かおうとして
部屋の土間に脱ぎ散らかしてあった靴を履いたら、なんと片方の靴の中に時計が押し
こまれてありました。つまり私としては、泥酔の深みにはまりそうな気がしていたの
で、酔った揚げ句狼藉したり路上に伸びていたりしたら、その隙《すき》に貴重品の時計を盗
まれはしないかと心配してそんな措置をしたらしい。
　我ながら殊勝なといおうかいじましいといおうか、いや、なべて貧しい世の中だっ

た当時としてはわが身に備えた時計という貴重品を守るというのは至極当然、酔ってはいながら武士のたしなみとして褒められたいくらいのものだった。

それにしてもいざという際に備えて短靴の中に時計を収いこみ、その後どれほどの距離を歩いたのか覚えてもいないが歩行はさぞかし困難なものだったに違いない。しかしこんなことは今の時代に、酒に関する親の美風としてまで子供に伝授すべきものでもないでしょうが。

土台この豊饒《ほうじょう》な時代にあって、時計の一個二個、傘の一本二本なくしても慌てふためく輩《やから》のいる訳もない。昔は傘を忘れただけで血相変えて取りに戻ったものだったが、まして時計ともなればなおさらのことでした。

酒に関する知恵といえば、わが家の秘伝があります。

若い頃はとかく酒量が進んで酔いも進み、それを醒ますために終盤に口当たりのいいビールを飲みがちだがこれが実は危険な罠《わな》で、多分アルコールの方程式に関わりあるのだろうが、酔い醒ましのつもりで飲んだビールが逆に悪酔いを誘い出すことが多い。そういう時はむしろ水などで割らずに強いスピリットを生のまま飲んだ方がいい。

ヨーロッパ人がワインで繋いできた食事の最後をブランディとかマール、グラッパ、キルシュといったスピリットのストレイトで仕上げるのは、アルコールの方程式的にも当を得ているようです。

で私は子供たちに、昔横浜の古いバーのベテランのマダムに教わった絶対の酔い醒まし法を口酸っぱく伝授してきました。そして実際にチャンポンで気分の悪くなりかけた息子が、それぞれ親父からいわれていたことを思い出して試み、その効果の覿面《てきめん》さに舌を巻き感謝の報告をしてきました。

その秘伝とは、最後に熱い日本茶にウィスキーを三分の二ショットほど入れて飲む。お茶と相まっての一種の迎え酒的効果なのだろうが、悪い酔いがすぐ治まって気分が晴れ、胃が落ち着いてしまう。

こういう教育はなんといっても、男親が男の子にしか伝えられぬ男の世界ならではのものだと思う。

日本人の飲酒というのはどうも偏っていて、以前はビール以外は日本酒かウィスキー、それも水割りというパターンしかなかったが、最近ではワインの普及に刺激されて日本酒もさまざまな味わいのものが出回って楽しい。

しかしなぜか日本人、特に若い人ほどカクテルには興味がない、というより知識が乏しい。ワイン通はいるがあれも所詮ペダントリーの域を出はしまい。若いくせにそうそう一瓶何万円もするグランヴァンを飲む訳にもいかないでしょう。

その点ではカクテルには何千となくメニュウのヴァリアントがあって、TPOに応じて楽しめる。だから私は息子とバーに、それも腕のいいバーテンダー（世にいう、いわゆる「バーテン」なる種族などではない）のいるバーにいく時は、彼等の知らぬ新しいカクテルを注文し味見させることにしています。それは新しい友人、新しい恋人との出会いとは少し違うが、しかし人生における新しい出会いに他なりません。

文化の進歩というものの本質は「混交」に他ならない。美術や音楽にしても完璧な様式などというものはあり得ず、優れた芸術様式ほど他の優れた様式と容易に混交し、さらに高揚されていくのです。

例えばあの物知りで感性鋭かったアンドレ・マルロォが感嘆した日本の仏教美術、特に仏像は中国から朝鮮半島を経てそれらの様式をさらに磨き上げ洗練して出来上がったものだが、さらにその前のインドのガンダーラの影響を受け、ガンダーラもまたアレキサンダー大王の東征のもたらしたヘレニズムの地中海文化の影響が濃い。

と同じようにカクテルもまた異種類の酒を混交させることで味わいを高揚させ、それどころか未曾有の感動をもたらしもする。

フランスのアカデミーはイギリスから伝わってきた「カクテル」という新しいカテゴリーの酒を、彼等が自負するワインの沽券に関わるとしてかたくなに認めまいとし、カクテルという言葉をフランス語として登録するのに十年という年月を費やしたそうだが、それは彼等の驕《おご》った一種の中華思想のせいで、カクテルというのは文化の同義語とさえいえます。

ということでわが家の家風の一つに、何種類かのカクテルを自ら手がけるという教養の体得があります。

特に長男の伸晃の作るドライマティーニは抜群で、請われればあらかじめグラスを十分に冷やした上で注ぐから、マティーニのあの冷たいジンの鋭い味わいが失われない。ベルモットの分量も微量正確で実にいい。いったいどこでそんな道楽を覚えたのだと質したら、記者時代にゴルフで知り合った銀座の古いスタンドバーのオーナー・バーテンダーに、暇を盗んで店に通い助手を志願してスタンドの中に入って手伝いしながら習ったそうな。

アメリカやイギリスでは、バーテンダーの力量を問うよすがの最たるものは、まずマティーニを作らせるのが常道とされています。構えがどんなに凝った店だろうと、ろくなマティーニが出せないような店は失格です。しかしとにかくマティーニというカクテルは、なんでああも不味《まず》い美味《うま》いがはっきりと現れ出てくるのだろうか。それだけでもマティーニなるカクテルの発明者は天才ともいえる。

いつかホテルオークラのメインバーの一つで、大丈夫かと念を押して注文して出されたマティーニの出来が酷《ひど》いので突き返したら、それを横で見ていたある有名商事会社の社長が、その系列会社の社長会の集まりでメンバーの一人である私の親友のある社長に、石原はこの頃知事になって少しばかり評判がいいせいか、人前で些細《ささい》なことでホテルの従業員を叱りつけていたが慢心は禁物だなどと批判していたそうな。

その友人は友人としての心配で注意してくれたが、私としてはいわれても一向に思い当たる節がない。関わりない会社の社員を、それも些細なことで叱りつけるほどお節介でも暇でもないが、慢心のせいだなどといわれては気にかかります。

で件の友人に、友情ある説得として聞き入れるから是非その折の事情を詳しく聞いて確かめ教えて欲しいと頼んでおきました。暫《しばら》くして彼と顔を合わした時に質したら、場所はホテルオークラのバー、叱った相手はバーテンダーだったという。

そういわれてはっきり思い出した。あの時あのバーテンダーの差し出した酷い出来のマティーニの味を。

「あれはな、叱責《しっせき》なんぞじゃなしに教育というものだよ。俺が注文したカクテルがマティーニで、その出来が悪くて俺が怒ったというのが間違いというのなら、お前にそう告げ口したお前の同族の社長というのは、大会社の社長というには足りない、とんだ田舎っぺえだな。

東京の代表的なホテルであるオークラのメインバーで、客が、君で大丈夫かねと念を押して出されたマティーニの出来がロクでもないものなら、相手がまともな外国人だったら恥をかくのはホテルだけじゃなしに東京であり日本ということになる。

横で見ていればグラスの形やら中身の色からしても、俺が手にした酒がマティーニなのはわかるはずだ。わからないならそいつはどんな出の男か知らないが、要するに田舎っぺえだ。そいつがどんな程度の経営者か知らないが、社長として社員を相手にしている教育は多分ふんぞり返った嫌味なものに違いないと思うがね。俺がそういっていたと是非とも伝えてやっといてくれ。俺からその社長への教育だと思えとな」

といってやりました。

酒はまさしく文化なのだ。そしてそれがわからぬ手合いのレベルは知れているということです。


いつかアフリカのある国から家内と共に招待され、そのついでにその隣の、見知りの男が大使をしている国の自然公園を見物した後で大使公邸に招待されたことがありました。館員全員揃っての晩餐《ばんさん》だったが、飯の前に一杯ということで何にしますかと質され、備え付けのバーを眺めたらなかなか本格的な造りで、酒の並べられた棚にはジンもベルモットもあるし横にはミキシンググラスにバースプーン、まだ封を切っていないオリーブの瓶、そして私は使わないがアンゴスチュラのビターズまである。

さすがと思って、

「じゃあ誰かドライマティーニを作ってくれよ」

声をかけたが返事がない。「じゃあ大使自ら」と持ちかけたら、「いや私はどうも不調法で」と。

黒人でタキシードを着て堂々たる構えのバトラーに質しても駄目。仕方なしに私がしゃしゃり出てグラスを冷やさせ、ミキシンググラスにジンとベルモットを注いでビターズも一、二滴利かせて大使以下館員たちにふるまった。全員、「なるほど、これは美味い」といたく感心していたが、私の方としてはなんとなくうそ寒い思いでした。

過去に誰がしつらえたのか立派なバーがあり、カクテルに必要な道具一切が備えられていてビターズまで三種類あったが、それを使える人間が一人もいない。しかもそれが皆外交官ときている。他の種の並の役人ならともかく一国を代表して外国に赴いている手合いが、最も基本的かつ高名、かつ膾炙《かいしゃ》しているドライマティーニについて全く知らない、作れもしない。そんな手合いが外国人相手にどんな社交が出来るというのだろうか。

私がまだ若造の頃、若く世の中に出られたお陰で知己を得た中の一人の白洲《しらす》次郎《じろう》氏が口にもし物にも書いていたが、日本の役人で一番駄目なのが外務省の役人だそうで、彼にいわせると、「あいつらはてんで外国語が出来ない。だから社交が出来ない。そんな奴らに外交が出来る訳がない」とのことだったが、外国の日本公館でのマティーニに関わる挿話で、白洲さんの言葉を思い出さぬ訳にはいかなかった。

とにかく、酒は文化の象徴です。
故にも子供に酒を教えることは、崇高なる教育であると私は確信しています。

第十一章　海に関するわが家の系譜

わが家に継承されているDNAの一つに、海に対する強い嗜好《しこう》があります。これは先代、つまり私の親父が汽船会社の重役だったということには特段の関わりはあるまいが、なんといっても父の小樽支店長から本社の総務部長への転勤のお陰で、私たち兄弟が小学校時代から湘南の海に間近に接するようになったという、人生におけるいわば後天的条件のたまものといえそうです。

小樽時代にも北国の短い夏の間中、近郊の蘭島《らんしま》海岸へ海水浴に通ったものだが、そこではついに水泳を覚えることはありませんでした。そして夏以外の季節の北海道の海は、当然冷たく荒く険しいものでしかなかった。

それが一転、小学校五年の春から湘南の逗子に移り住むと、家の目の前には陽光に輝く穏やかな相模《さがみ》の海が広がっていました。家の前を流れる田越《たごえ》川の河口は家から間近く、夏だけ河口にかけられる丸太で組んだ仮橋を渡れば、海で泳ぐに三分もかからぬ至近の海でした。

逗子の入り江やそれにそそぐ田越川の風物については、中学校の教科書にも載っていた『自然と人生』に徳冨蘆花がいろいろ記しているくらい、湘南の風物は幼年期を過ごした北海道に比べて、雅《みやび》で優しく明るく、子供の目にも信じがたいくらい魅惑的なものでした。

川には入れ食いで釣れるハゼが橋の上から覗きこむだけでそこら中に見え、川床の岩には身の豊かなカキがびっしりと張りつき、夜釣りでは大きなウナギが何匹もかかった。川水が引いた川口の川床のアオサを手で摘んで陽に干せば絶好の蔬菜《そさい》になったし、逗子の入り江にボートを浮かべて糸をたれれば素晴らしいキスやホウボウといった高級魚も簡単に手に入りました。

そして夏も近くなれば雨上がりには道路一面、大きな赤手ガニが這い出てきて、東京などからやってくる客を驚かせていました。

「豊饒なる自然」という実感を子供心にもしみじみ味わうことが出来ました。

隣の葉山町には天皇の別邸があり、逗子の駅から山回りでは、当時は珍しい舗装された道路も続いていました。そして天皇別邸の周囲には明治の元勲たちの子孫や財閥の別荘があり、文人墨客たちの避寒地でもあった。現に私たちが住んだ家の近くには永井荷風《ながいかふう》や泉鏡花《いずみきようか》が寒を避けて過ごしたという仮住まいも残っていて、戦後も隣の鎌倉に次いで有名文士や芸術家たちの家も多かった。

私も弟も誰に習うこともなく、毎日庭先に近い海岸に通ううちに、一人で難なく泳ぎを覚えてしまいました。その要領は、最初は背の立つ辺りで体をかがめ、顎《あご》だけ水面に付けて息をしながら思い切って足で水の底を蹴《け》ってばたつかせながら、犬のように手で水をかいて浮力を保ついわゆる「犬掻《いぬか》き」で、それで水に浮く要領を覚えたら後は日本独特の泳法のノシや平泳ぎやクロールも難なく体得出来ました。

最初の夏に、父が一週間ほどの出張から戻ってきての日曜日、もうすっかり泳ぎは覚えたという我々二人を試しに父の漕《こ》ぐボートで沖まで出て、ここから砂浜まで泳いで帰れたらご褒美だという。それに勢いづいて、というより二人とも密かに高をくくって、むしろ緊張して見守る父の前で簡単にボートから海に飛びこみ、父が声をかける暇もなく泳ぎだし三、四百メートル離れた岸まで泳ぎきりました。私たちにとっては最早朝飯前のことだったが、目を見張って驚く父を見てこちらも満足だった。

あの思い出で覚えていることは、子供の成長というものは実は親の期待よりもはるかに早く、往々親の方がその認識で遅れていて、ことによっては、下手をすれば親子の間にギャップが生じトラブルにさえなりかねないということを子供心に感じましたが、私自身が結婚して子供をもうけた段になって改めて思い出し、自戒もしています。

さらに、逗子の海に関していえば、近くに日本のクルーザーヨットの発祥地でもあり、小さな造船所もある、築港と呼ばれていた漁港があって、その入り口の岸壁からの飛びこみを覚え、泳ぎ達者としての築港通いもまた新しい楽しみとなりました。潮の加減では高さ三メートルを超す高みからのダイビングは、子供仲間での水泳者としてのステイタスを決めるものでもありました。

しかし中学一年の夏には戦《いくさ》の敗色が濃くなってきて、本土決戦に備えて兵隊たちが逗子の砂浜に蛸壺《たこつぼ》を掘ってたむろし一般市民の海岸立入りは禁止、当然遊泳も禁止となってしまった。

そして夏の盛りも過ぎそうな八月の半ばに敗戦となり、逗子の海は開放されました。遊び盛りの子供としては、国は肝心な戦に敗れてしまったが憧れの海はわがものとして戻ってきて、その解放感のままに築港での飛びこみに興じていたら、次の日逗子の沖合の相模湾を埋め尽くすようなアメリカの大艦隊が到来して仰天させられました。それでも怖いもの見たさと海恋しさで子供たちは港の岸壁に集まり、中の一隻から繰り出した高速のランチが港に近付いてくるのに岸から石を投げつけてみせ、その後怖さに海に飛びこんで隠れたりもしていました。

私たち兄弟の海との関わりを決定的に、というよりむしろ致命的にしたものはやはり、今から思えば分不相応のヨットを父にせがんで買い与えられたことでした。会社の幹部とはいえ月給は知れたものだったろう。中古とはいえ当時確か二万円はしたA級ディンギで、その頃としては、ヨットは値段の高低とは関わりなしに選ばれた者の選ばれた遊び道具でした。

今時の成金なら高校や大学でごろごろしている馬鹿息子に高級車のベンツやスポーツカーを買ってやることもあるだろうが、高級車は免許証さえあればどこでも誰にでも乗り回せます。

しかし最小型のA級ディンギとはいえ、泳ぎが出来るからというだけで容易に乗りこなせるものではない。それはやはり海の間近に住み、季節を超えて海に馴染んでいる者でなければ扱いきれるものでありはしない。

戦争が終わりようやくささやかな消費の許されるようになった社会で、夏の行楽といえば東京から手近な鎌倉や逗子の海岸での芋の子を洗うような海水浴。その中でのやや贅沢は、賃貸しのボートを借りて沖に漕ぎ出し海浜の雑踏を眺めながら波間を漂うことくらいでした。

年ごとに海水浴はブームとなり、ある年の夏など鎌倉に比べればあの小体《こてい》な逗子の浜辺になんと十七万の人出があったりしたものだった。そしてその頃から貸しボート屋に並んで貸しヨット屋が商売を始めたが、ボートより高い料金を払っても大方の客はヨット屋のアルバイトの学生を船頭にしたてて、ボートよりもさらに沖に繰り出し飛沫を浴びながらスリルと涼味を満喫するしかなかった。

だから当時はヨットこそ海における最高の嗜好品に他ならなかった。そのヨットを父の収入の限界も考えずに我々兄弟は是非にと所望し、父もそれをかなえてくれたのです。あれは私たち二人にとって望外の成果でした。

後に母から聞いたが、父から相談されて、これが娘二人ならピアノを習得させるためにピアノを買ってやったことでしょうから、それに代えて多少無理してでも願いをかなえてやったらどうですかと母が説得してくれての結果だったそうな。

我々が女だったらはたしてピアノを習う気になっていたかどうかはわからないが、海の間近に住む育ち盛りの若者にとってヨットは有無をいわせぬ魅力に他ならなかった。

大枚二万円の支出のお陰で、貸しヨット屋の仲介でリアカーに乗せられわが家に輿《こし》入れしてきたディンギ・ヨットは、その結果私たち兄弟の人生を海に結びつける決定的な媒体となり、海は私たちの人生の光背となりました。

そしてやがて二人は力を出し合ってさらに大きな船を造り、太平洋を渡る試合に日本から初めて出場することにもなりました。弟と二人していわばヨットのパイオニアとして行ったことどもの思い出は尽きることがありません。


弟が肝臓の癌で死んでいった時も、いまわの病床で横に座って看《み》とる私と交わした他愛ない会話のほとんどは二人しての海の思い出ばかりだった。そして弟は一緒に乗ったレースについて驚くほどこまごまと覚えていたものでした。

どのレースの折、どの島のどの岬で強い潮を食らって難儀したとか、思いがけぬ相手と競り合ってようやく勝ったとか。半ば目をつむり、腕一本切り落とされるなりした方がまだましだといっていた底無しのだるさに喘ぎ、息たえだえに思い出を語りながら、そんな時だけ不思議に安らぎ落ち着いて見えました。

死の直前ハワイの別荘に、私から見ればそこを死に場所と選んで逃げ出していった弟が、連れ戻されるまで終日窓べのソファに座って海を見つめている様を、十日間ほど看とりにいっていた次男の良純が、かける言葉も見出《みいだ》せずに間近でただ眺めるだけで戻ってきて述懐していました。

「とにかく一日中、ただじっと海に見入っているんだよ。海の向こうからやってくるものが何かをちゃんと知っていて、恐れもせず逃れようともせず、覚悟しきって淡々と、俺はいつでもいいんだぞというように、澄んだ横顔で身じろぎせずにさ」

彼との最後の海についての会話を思い返しながら、私には弟のその居住まいが手にとるようにわかりました。

良純もまたわずかながらの間ではあっても、弟と海との関わり、ひいては彼の兄であり自分の親父である男にとって海が何であるかを感じとれたに違いない。それは親子の間のなまじの会話なんぞよりも、もっと本質的な互いへの理解なり共感を育んでくれたに違いないと思う。

　そんな彼なりの体験の延長として、数年前の夏他の兄弟の都合で彼だけが同乗して沖縄からヨットでホームポートの三崎《みさき》まで戻ってきた折の航海は、彼にとって、そして私にとって、親子二人の船旅の思い出としての意味合いはまた特別のものとして心の内、体の内に濃く残るに違いないと思っています。私も親としていくばくかの財産を息子たちに遺《のこ》すかも知れないが、しかしそんなものよりもああした旅の記憶の方が金や物の何十倍もの意味と価値があるに違いない。

　そしてそれは、後に残るだろう彼よりもむしろ、先に死んでいく私にとって大きな意味と価値があるに違いない。

　私が男の親としての彼等との関わりの中で、ああした至福の瞬間を味わい抱くことが出来たということは、私が死んだ後も私の記憶を通じて必ず彼等に何かの形で及んでいき、彼等にとってこの私という父親ならではの思い出を刻んでくれることだろうと思う。

　あれは日本で行われる最も危険なレースである沖縄レースとしてではなしに、事前に回航してあったヨットであちこちの島で気ままにダイビングしながら本土に戻っていく気ままな航海でした。いつもは緊張の糸を張り詰めて過ぎる難所の吐噶喇《とかしら》列島も、梅雨明けの追っ手の順風に乗りながら、レースではただ眺めて過ぎる険しくも美しい島々にも気ままに立ち寄り温泉に入りながらの至福の船旅でした。

沖縄レースでは、吐噶喇列島の西側を流れる黒潮をどこまで捉えて走るかがポイントです。複雑な走り方をする黒潮は時には島から離れたり近づいたりするので、一時間ごとに水温を測りながら走るのだが、もともと、暗礁の多いそんな難所に近づく本船などありはしないから辺りの海図もいい加減で、いつか友人の大型クルーザーでダイビングにいったら海図に載っていない暗礁がそこら中に在るのに驚かされました。

と一旦《いったん》知ってしまうとますます恐ろしい海域で、レース艇も黒潮は拾いたいが特に夜間に島に近づくのは恐ろしく、結局視界の利く内に吐噶喇列島を横切って太平洋に出てしまったものです。

そんな思い出多い海域の航海の途中に夜デッキに息子と並んで寝ころんで満天の星を仰ぎながら、宇宙のとてつもない広さについて、それをひたして過ぎる無限の時間について、そしてそれに比べての人生のはかないほどの短さ、しかしそうした認識を持てる唯一の存在である人間の認識の故にこそ、この世界は存在を付与されているのだという、「僕が眺めていないと、海はその姿を変えてしまう」というシュペルビエールの詩句を引きつつ、ある意味では不遜《ふそん》な実存主義的な会話を交わしたものでした。

しかしながら私は私一人の感傷で、

〝ああ、俺はもう多分二度とこの海をこんな風に小さな帆をかけた船で気ままに走ることはありはしまい〟

と密かに思い続けていました。それは間近に息子を置いてこそいっそうの、過ぎていく自らの人生への感慨でした。

そして多分彼もまた老いて自らの死について予感するようになった時、あの船旅について思い出すのではなかろうか、思い出して欲しい、と思っています。

手を伸ばせば触れるくらい間近にまばゆく輝く、都会ではもう絶対に見ることの出来ぬ満天の星を仰ぎながら、

「しかしなんで星はあんなに白く光って見えるのかなあ」

つぶやく息子に、

「それは彼等が燃えているからさ。それか少なくとも、近くで燃える星の光を浴びて

いるからだよ。光はあくまでも白いんだ。しかしそれが何かの大気を通して届くと色がついて見えるんだよ」

と怪しげな講釈に、

「なるほど、そうか」

息子は頷いてくれ、私は全宇宙を介在させながら私と息子という存在の関わりを、星たちを溢れさせている深夜の大空に投射して感じとり満足していたものだった。

それぞれの親子は、それぞれある時ある機会を捉えて、親子にしか通じ合えぬ意味の深い会話を持つことがあるに違いない。あの沖縄から吐噶喇列島を経ての船旅で、ヨットのデッキで満天の星を仰ぎながらした彼との会話を、彼がどう受けとり、さらに彼の後の人生の中でどのように収斂《しゅうれん》して体の内に収うかは知らないが、私としては父から与えられ弟と分かち合ってきたわが家の海に関わるDNAを、あの時確かに彼にも分かち伝えたと信じている。そしてそれは彼の誕生以上に、私にとっては確かな存在の環の確認でした。

長男の伸晃は長男故の役得で高校三年生の夏、私の弟と一九七三年度のトランスパック・レースに参加しています。小学生の頃近くの江ノ島のヨットクラブが主催していたオプティミスト・ディンギを使ってのジュニアクラスに通ってはいたが、舞台が太平洋ともなるとクルーとしてはおよそ役には立たなかったようです。

弟にいわせると、

「とにかくスタートした次の日から出来上がっちまってゲロの吐き通しで、ベッドに寝たきり目は開いたまま身動きもせずにいるんで、心配で時々顔の前で手を振って確かめてみたよ」

ということでした。

それでもそんな経験の末に伸晃も最近では自分なりの船を持って草レースに出ては優勝したりしています。それもまたわが家のDNAの確かな継承といえるでしょう。

この地上に住む限り、人間は誰しも自然との関わりなしに過ごせるものではなかろうが、その関わりを海と深く持ち合える人種はある選ばれた者たちといえるかも知れない。我々親子が、小型のヨットを買って与えてくれた私の父のお陰でその選良たり得たというのは、幸せというよりありません。

前にも記しましたが、末っ子の延啓が久し振りに一緒にしたゴルフで難しいホールでパーに続いてバーディーまで出した時、もっとゴルフをしようと誘った私を鼻でせせら笑って、

「こんなもの、サーフィンで五十メートルもうまく波に乗り切れた時の快感にはかなうもんじゃないよ」

といった言葉に、実は私も羨みながら心の底では大いに共感出来るのです。

そしてやがて私がこの世を去っていった時、かつて弟が無断で隠し持っていた父の骨を、発覚して伯母に咎められ、逗子の海に投げて還《かえ》したように、弟のヨット葬の後、これも密かに隠し持って来た一握の弟の骨をみんなして相模湾に撒いて還したように、今度は息子たちが私の一握の骨を、どこかに撒いて、私を私の人生の光背だった海に還してくれることでしょう。

第十二章　叱る、諭される

親子の関わりというのは思い出としてもいろいろあろうが、中でも強い印象で心にとまりやすく忘れがたいのは何かで親から叱られた、それも強く叱られた記憶だろう。それはむしろ何かで褒められたということよりも、その後の自分の人生に照らし合わせての深い余韻を与えてくれるような気がします。

最近続発する親から子供への虐待という出来事は、親が子供を思って叱るなどということがらとは本質異なって、親の資格を欠いた幼稚な大人があくまで自己本位に暮らそうとする中で、生まれてしまった子供をもてあまし勝手に苛立った上のことに他なりません。

心理学者や精神科医にいわせると現代における「成人」の実質の平均年齢はおおよそ三十歳ということだそうで、二十歳で成人などというのは戦後の社会が勝手に決めたしきたりに過ぎず、毎年成人の日に随所で起きる馬鹿馬鹿しい混乱を見れば、彼等が「成人」に値しないのがよくわかります。最近は、混乱を避けるために自治体主催の成人式に父兄も同伴というケースが多かったが、父兄同伴での成人式とは自家撞《どう》着《ちゃく》以外の何ものでもない。

昔は、侍に限っていえば十五歳ぐらいで前髪を落として元服し一人前の侍となり、男として死ぬべき時には覚悟して死んでいったものですが、今ではその倍の年を重ねないと一人前になりきれないということです。年数だけはいっていても成人になりきれぬ、未熟な親たちが起こす悲劇は悲劇ながら喜劇じみてもいます。

子供を叱るというのは子供への親としての愛情と責任なくして出来るものではありはしない。昔の親がした折檻《せっかん》は決して虐待ではなかったし、殴られて叱られたという記憶にも、その背景には親の愛情が如実に感じられました。

私自身父親に、昔でいうビンタを張られた記憶は幾度かはありますが、親をむごいと思ったことは全くありはしませんでした。むしろ、ぶたれて当然だと自戒してもいました。

あるものに書いたこともあるように、北海道から湘南の逗子に引っ越してきたばかりの頃、小学校の帰り道に二通りあって、その日はなぜか滅多に通らぬ閑雅な屋敷町の通りを選んで帰ったのですが、東郷元帥《とうごう》の別荘の前の、田越川の河口から一キロほどの東郷橋までできて下を覗いたら折からの大潮の満潮で驚くほど水位が高く水中にボラや鯉《こい》などかなりの大きさの魚たちが沢山見えました。

一緒にいた貸しボート屋の倅《せがれ》が、これならボートを漕いでここまで楽にこられるなといい、川の途中から分かれて入るその支流は今とは違って周りにあまり家もなく鬱《うっ》蒼《そう》とした木立ちに覆われていて、登校の途中に川岸から眺めても探検意欲をそそる辺りでした。

ということで家に帰って先に帰宅していた弟も誘い出し、まだ季節前ではあったが多分釣りのためにだろう一隻だけ小屋の外に置かれていたボートを、ボート屋の倅が家からオールとクラッチを持ち出してきて三人して川まで引き出し上流探検に漕ぎ出しました。

案に反し、先刻見た折が満潮の最高時でとうに潮が引きだしていて、川底はアッという間にせり上がってきて遡行《そこう》は難航し終《しま》いにオールは役たたずとなり、ここまできたなら探検の目的だけは遂げようと、最後は三人して裸足になって川に降りボートを引きずって目的地の橋の下までやってきて万歳を叫んで引き上げてきました。

帰りは水が引ききってしまいさらに大難儀で、元の砂浜のボート小屋まで戻った時にはとっくに日が暮れ月が出ていました。

家に戻る途中の橋のたもとに家の若いお手伝いさんが待ち受けていて、こんな時間まで戻らぬ私たちにとうに帰宅していた父も心配し、私たちがボートを引き出すのを見たという人もいて、てっきり三人して海に出かけたと思いこんだ家族たちは警察に知らせ、近くの港の漁師に捜索の依頼までしかけていたそうな。しかし、川上からボートを引きずって戻る私たちを他の誰かが認め騒ぎは一応収まったと。

「でもお父様は、それはとっても怒っておられますよ。帰ったらとにかく真っ先にお詫びをなさい」

彼女にいわれたが、いわれなくても自分たちが親にどんなに心配させたかは子供心によくわかっていました。

私たちが玄関に入る気配に奥から父が出てきて二人の前に仁王立ちとなった。そして父の罵声《ばせい》が飛ぶ前に、弟は私の背中に回って隠れようとし、私もそれを手でかばって立ちはだかるように父を仰いで、

「すみません、僕が悪いんです。僕がこいつを誘い出したんです。途中から潮が引い

てしまってボートが漕げなくなってこんなに遅くなりました。ごめんなさい」

精一杯大きな声で謝り頭を下げました。

「馬鹿っ」

と一声の後、父の手が私の頰を打ったがそれは予期していたよりも強くなく、父の方が私の大声の詫びにたじろいだ様子が感じられました。

私がぶたれたのに怯え、弟がいっそう強く私の背にしがみつくのを手でかばいながら、

「こいつはぶたないでください、全部僕の責任ですから」

間近に父を仰ぎ胸を張って私はいい、父はなぜか気《け》おされたようにかすかにのけぞると再び手を上げることはなく、

「よし、もういいから早く足を洗って上がれ」

とだけいったものだった。

そしてその時私は父と私、そして背後に隠れたままの弟との間にも強くはっきり通い合う何かを感じていました。あれこそ親子の絆というものだったろう。

今でもあの時私の頰を打った分厚く温かい親父の手の感触を懐かしく覚えています

が、叱られるのが当たり前だ、叱られなくてはならないのだ、親も今叱らなくてはならないのだと子供心に思っていました。

それに前後して今度は弟が母から手厳しく頬を張られ、叱りつけられたことがありました。

小樽から転校してきて間もなく二学期に私は級長にされたが、それが面白くない連中に待ち伏せされ袋叩《ふくろだた》きに遭ったことがあります。相手は八人で、精一杯戦ったがかないようなく、たちまち鼻血が噴き出し酷い目に遭わされた。

連中が意気揚々と引き上げていった後気づいたら、後からきかかった弟が道の傍らで手を出す術もなく立ちすくんでいました。小学生の頃の二歳の違いというのは決定的なもので、後年喧嘩が恐ろしく強くなった弟とて、その時はどうにもならなかったでしょう。

それでも私にはただ眺めていた彼が腹立たしく、血まみれになって家に戻った私に驚いて訳を質した母親に、後からベソをかいて戻った弟をなじって、

「こいつは僕がこんな目に遭っている間、ただ横で何もせずに眺めていたんだ」

といいつけました。

その途端、母が女とは思えぬ勢いで、ものもいわずしたたか弟の頬を殴りつけたものだった。

以来私たち兄弟二人の関係は、さまざまに形を変えての人生のタッグマッチとして始まっていったと思います。


もう一つ父からこっぴどく叱られた記憶としては、父にせがんで、たかだか企業の中堅幹部としては身分不相応な買い物をさせたのですが、私たち兄弟の人生を大きく規定もした小型ヨットA級ディンギのメインテナンスの悪さについてです。

考えてみると息子にせがまれてせっかく買い与えたヨットに、父が私たちと一緒に乗ったのはほんの数度のことだったと思います。操船については息子にまかせっきりだったが、海の好きだった父がその折に何を感じていたかはわからない。恐らく、こんな小さなヨットが息子たちの将来に何をもたらしてくれたかも、知る由はなかったでしょう。

ただ、父からのそんな貴重な贈り物の有り難味に息子どもはすぐに慣れてしまって、父の存命中もシーズンがやってきているのにヨットの整備には手間取る体たらくでした。

鎧《よろい》張り（クリンカー造り）のディンギは、鎧張りの間にマキハダ（槙皮）をシーズンごとに詰めなおさなくてはならず、それがかなり厄介な作業だった。もちろんそんなことは承知で、買っていただければ後はいっさい面倒はかけません、私たちだけで完璧に維持しますなどといってはいたが、なかなか二人揃っての作業とはいかず、船の右舷《うげん》左舷を分けて受け持つという約束でいたのに、弟の方は何かと理由をつけて作業を進めず船の仕上がりは遅れがちでした。

大体あの年代の子供というのは物臭《ものぐさ》なもので、二人が寝ている二階の部屋の周囲の廊下の雨戸が七枚あったものを、一人で全部開けるなどというのは億劫《おっくう》きわまりなく、作業を分担し、一日交替で今日は四枚、明日は三枚と開けることにしていたのに、それも面倒で日によってはどちらかがサボって部屋の雨戸は半分閉じたきりなどという体たらくでした。

そんなことで、ある年の秋口雨が続いて川に繋ぎっぱなしのヨットに水が溜まり、とうとう船はマストを立てたまま水没してしまった。たまたまヨットを繋いであったところがバス停の真ん前で、珍しく夕方早いうちに帰宅した父がそれを見て激怒し、あんなことならもうヨットは使わせない、すぐにも売り飛ばしてしまうと怒鳴られ、弟と二人して雨の中を出かけ全身びしょ濡れになりながらバケツで水を汲み出して戻りました。

そんな作業中も互いに、こうなる前にどちらかが気を利かして汲み出しておけばこんな目に遭わずにすんだのにと罵《のの》り合う始末でした。しかし父に叱られあの冷たい雨の中で行ったヨットへの贖罪《しょくざい》は当然のことだが、なぜか忘れられません。

大切な物への愛着は当然それへの責任の履行の上にのみ許されるという人生の公理を、親に叱責され初めて身にしみて教わったということでしょう。

そんな記憶の延長で後にものした私なりの教育論『スパルタ教育』の中に、「親は子供を殴ることに躊躇《ちゅうちょ》するな」などという一章をもうけたために、世間では私はずいぶん乱暴な父親と誤解され、選挙の折など左翼の連中は、彼は親たちに子供を殴れと奨励しているなどとまで悪宣伝されてきたものですが、正直、私はあまり子供に手を上げたことはありません。

無いというより、あまり手を出さずにすんできました。これは家内の日頃の仕付けのお陰と思っています。

一度だけ、長男の伸晃がまだ大学生の頃、ある夜一家揃っての晩餐の折母親に何かいわれて口答えし、それが母を母とも思わぬ言葉遣いなのに私が怒って注意したら何に高ぶってか今度はさらに言葉を返す。それも私に向かってではなしにまた母親に難癖つけるようないい方なのでこちらも激怒し、他の兄弟へのみせしめにもと襟首をつかまえて引き立て玄関のホールまで引きずっていきました。

そこで襟元を引きつけ挟むように首を絞め上げながら、もう一度母親への謝罪の言葉を吐かせようとしたら彼が妙に白々しく、

「止めてくださいよ、乱暴にしなくたってわかりましたよ。謝ればいいんでしょ、え、謝れば」

そのいい方がまたいかにも相手を小馬鹿にし高をくくったみたいな様子なので、こちらもさらに激昂《げっこう》して、片手を放しそのまま殴りつけようとしたらどうもこちらの体が妙な具合になっていて自由が利かない。

気づいたら残した片手の逆をとられていて、それをかばって知らぬ間こちらは彼の

目の前で膝をついていました。

「なんだ、これは！」

思わず怒鳴ったら、

「こうすると痛いでしょ、腕が」

逆をとったまましゃあしゃあとしていう。

その段になって、彼が体育会として入っている少林寺拳法で最近また昇段試験に合格したというのを思い出しました。

「貴様、親の金で習い覚えた技を親に向かって使うのか！」

いったらさすがにその手を放したが、こちらはとてもそれでは収まらない。こうなると最早親子の関わり以上に男対男の感情で、ゆっくり息子の前に立ちなおし、

「よしっ、お前がそういう魂胆なら、ここじゃなしに玄関の外に出ろ。そして外で男対男の勝負をしてやる。貴様がすなおに非を認めて殴られたのならそれですんだが、こうなったらそれ以上の魂胆があってのことだろう。

外で、親子の関わりは捨てて男同士の勝負をしてやる。しかしそれでどっちが勝とうが負けようが、お前との縁は切るからそのつもりでかかってこい。こんないきなり

の技じゃなしに、正面切ってならまだお前には負けないからそのつもりでこい！」

いって促したら、ちょっとの間考えて、

「わかりました。すみませんでした、謝ります」

いったがどうも本気の謝罪には聞こえない。

「駄目だ、そんな口先だけのことですむと思っているのか。お母さんのためにも俺のためにも、お前を張り倒してやらなきゃ気がすまない。いいから、外へ出ろ」

いったら、

「わかりました、なら殴ってください。僕がいい過ぎでした、申し訳ありませんでした」

深々頭を下げてみせ、目をつむって立ちなおす。

そこで、

「よしっ」

頷いてその頬を一発張ったものでした。

しかしどうも、昔ボート遊びで遅くなり親を遭難かと心配させた揚げ句、納得して頬を打たれた時に比べると、あの時の父とは違って、親たるこの私も打たれた伸晃の方も互いにあまり気分はさっぱりしたものではなかった。

私の反省としては、子供は子供なりに成長しているのだから、叱る時、なかんずく力を振るっての叱責の折には親たりとも男としての身構え用心は不可欠であると。

しかし何であろうと子供を叱る際には、親がなんらかの実力行使をしたという形をとらないと、叱りながら叱ったことにならない。別にその度に子供を殴れというつもりはないが、ある実力行使が不可欠の場合が多い。

息子たちがまだ全員家にいた頃のことですが、私が帰ってきたら玄関に子供たちの靴が脱ぎちらかされている。それも一人一足ではなしに、通学用の靴、帰宅してからジョギング等スポーツに使った靴が入り乱れ散らばっていて私が靴を脱ぐ場もない。

そして彼等は玄関を上がってすぐ横の来客用の小部屋で四人してマージャンをしていました。私が顔を覗かせて注意したが、上の空でろくに返事もしない。さらに声を大きくして繰り返しいっても同じで、部屋に上がって着替えて戻ってみても玄関は依然同じありさま。

そこで外からもう一度怒鳴って、通告した通り彼等の靴を全部玄関の外の道路にほうり出してしまった。

その上で扉を開けてその旨を告げたらさすがに色めきたって、長男が末の弟に、

「おい、本当かどうかお前ちょっと見てこいよ。親父ならやりかねないからな」

といわれて延啓が、「なんで俺が」などとぶつくさいいながら部屋から出ていき、戻ってきて、

「おい、親父本当にやっちゃったよ。おまけに雨が降りだしているぜ。中のいくつかは車が通って轢《ひ》かれて潰れてるぞ」

「冗談じゃねえぞ、それでお前皆の靴拾って戻してくれたろうな」

いわれたら、

「なんで俺がお兄ちゃんたちの靴を拾わなくちゃならないのよ」

弟にいい返され、他の全員がぶつくさいいながら立ち上がりほうり出された自分の靴を拾いに出ていきました。

何人かの靴は延啓が報告した通り車に轢かれて潰れていたが、以来わが家の玄関の整理はうまくつくようにはなりました。

しかし親とても実は子供から叱られて、覚るということもままありはする。

いつか次男の良純の後にトイレに入ったら便器に用を足した後の汚れが何点か残っている。前にも不愉快に思って自分で処理した後用を足したのを思い出したので、部屋のベッドに寝ていた彼に注意したら、

「そんなもの、大したことないじゃないか」

と嘯《うそぶ》くように口答えしたのが癪《しゃく》で、

「そうかお前は気にならないんだな、それじゃこうしてやるよ」

いって彼の汚した後始末をしたトイレ専用の小型モップを手にして戻り彼の顔にくっつけてやったら、わめいて跳ね起き、以後は自分の始末は自分でするようになりました。


その夜の食事の席で彼が皆の前で私の仕打ちについてぼやいていったら、末っ子の延啓に、

「そんなことというなら、お父さんだって朝洗面台を水びたしにしたままでいるじゃないか。お兄ちゃんにそこまでする資格はないよ」

いわれてなるほどと自戒させられ、以来私は洗面後、備えさせた雑巾で必ず台を拭《ぬぐ》って綺麗にすることにしています。

金を払って泊まるホテルではしないが、飛行機や列車の中では必ず細心に同じように心がけています。

負け惜しみではないが、子供もたまには役に立つ。

第十三章　子供の性

子供が成長して大人になる過程で親にとって未曾有の新しい事態は、子供にとっての性の問題の到来です。親自身が成長の過程で体験してきたことなのに、いざそうとなるとどの親も必ず慌てふためくものだ。

女の子の場合には生理の到来は当然のことだから母親は覚悟して、これはあくまで母親の責任として、子供にその意味やそれへの対処について教えなくてはなるまいが、もし何かで母親を欠いてしまった家庭だといったいどう対処するのだろうか。多分親戚の年上の女性とか近くの親しい女性に頼むに違いない。

しかしそうした専門性？の高い領域の事柄ではなしに、単に子供の性への願望に基づいた出来事の場合、たとえば子供の初めての異性の友達についての対処などで、案外、どの親も取り乱し慌てるものです。

私の父がまだ存命の頃のある時、弟の裕次郎が突然、今度の日曜日にガールフレンドを家に連れてくるといい出しました。弟に比べて晩生《おくて》の私には、それが羨ましいなどというよりもただ極めての興味があったが、むしろそれよりも、そう聞いての父親の慌てようがおかしくてならなかった。

小樽時代の毎晩宴会続きの父親を眺めていて、母親の、悋気《りんき》とまではいかずとも不機嫌の理由はそれとなく察知も理解も出来てはいましたが、そんな父親がまだ見ぬ息子の女友達の来訪を告げられてひどく慌てている様子の訳がわからぬまま、子供の目から眺めてもおかしくて仕方なかった。

その日弟が連れてきたのは北鎌倉に住む、東京の聖心女子高校に通っているごく普通のお嬢さんで、美人というより高い声を出してよく笑うキュートな子でした。父が存命だったから弟の放蕩はまだ始まってはいなかったが、それでも足の骨折をこじらせて得意だったバスケットボールをあきらめた頃で、その反動でかなり荒れた様子で喧嘩もよくしていたようだった。無頼とまではいかぬが、そんな弟が連れてくる女友達というのは多分と思っていたが全く当て外れで、私も両親も密かに安心したものでした。

私としても、弟が大人びた目もくらむような美人を連れてこなかったことに密かに安心していました。もしそんなことだったら、わずかとはいえ年上の兄としては男としての立つ瀬がない思いをさせられたに違いない。

大体今になってもなお、あの弟がなんであんなごく平凡なお嬢さんをわざわざ家族に引き合わせに連れてきたのかよくわからない。あれは多分一種のアリバイ作りだったのかも知れません。とにかくその後も父が死んでの放蕩が始まるまでは、彼は彼なりに彼女を妹のように可愛がってはいたものですが。


私の場合には自分の体験に鑑みて、私なりのポリシーで親としてこの問題に臨んできたつもりですから、私の父親のように息子の異性の友達について余計な心配をしたり、まして動転したりすることなどありませんでした。

第一、今ではかつてに比べて性に関する情報の量も機会も桁《けた》の違う時代になってしまっている。そんな社会状況の中で、昔の感覚で子供に臨んでも子供の方から眺めれば笑止千万ということにもなりかねまい。

昔、芝居や映画の関係者で作っていた「横の会」なるものがありました。その実質的な主宰者は亡き三島由紀夫氏でしたが、ある時三島さんが関わり深い文学座の女優兼演出家のNさんが同席していた折、嘘か本当か、彼女の息子さんに女友達が出来てそれをひどく心配していたNさんがある時、お風呂に入っている息子の前で自分も裸になってぐるぐる回ってみせながら、

「お前、女ってこんなものなのよ、こんなものなんですよ」

と訴えたそうだとすっぱぬきました。

みんな大笑いしたが、あながち何もかも三島さんの作り話ともいえなかったような気がします。

ともかくも性に関する情報などごくごく限られたものでしかなかった時代でしたから。その時素っ裸の母親を眺めて彼女の息子が何を感じたかはわからないが、今に比べると親も子供も性の情報に関してはうぶといおうかなんといおうか、お互いに手探りに近いものだった。

私の子供の頃、家の蔵書の中に平凡社出版のかなり豪華な『世界裸体美術全集』なるものがありました。当時の常識からすると子供の目にはつかぬところに収われてしかるべきもので、全巻裸体を描いた作品が掲載されていましたが、今になって思うと

泰西の名画、例えばゴヤの「裸のマヤ」とかマネの「草上の昼食」のような、つまり昨今の美術全集には必ず収録されているような作品はあまりなく、名もないとはいわぬが、二流どころの作品だがただ物語性の強いものばかりでした。

しかしそのせいで、眺める子供にとっては想像力をそそられるたまらない見物《みもの》でした。

裸のまま岩に鎖で縛られたアンドロメダを救うペルセウスとか、荒野の樹にくくりつけられた裸の貴婦人を手にした刀で鎖を切り解き放つ鎧に身を固めた騎士、戦を終えて血だらけのまま、すでに戦利品と一緒に閉じこめてあった裸の美女たちの前に扉を開き高笑いしながら立ちはだかる猛々《たけだけ》しい武将。その後、後ろ手に縛られたままの彼女たちに何が起こるかは子供ながら容易に想像は出来ました。

また一方、まともに見つめたら見た者は石になってしまうという、髪の毛は一本一本が蛇の恐ろしい怪物メデューサを、かざした鏡を盾にして映しながら斬《き》り殺したという英雄ペルセウスの彫刻の写真もありました。それは眺めただけで不気味な蛇の髪の毛を握って、打ち落とした怪物の頭を目を伏せながら掲げている英雄の姿だったが、怪物そのものはまだ若く美しい女で、眺めると倒錯した目まいをもよおすようないかにも怪しい作品だった。

その巻のその頁《ページ》にその写真があるのはわかっていたので、見る度軽い吐き気さえ感じさせるその頁を飛ばして次を眺めながら、やはりどうしても怖い物見たさでおずおずと頁をめくりなおし怪奇な見物に見入ったものです。

ああした体験は人間の裸体の観賞というより、明らかに性的な衝動をもよおさせるもので、まだ性を知らぬ少年ながら私は裸体を描いた作品を通じて男と女の間にある究極のものについて強く予感させられていました。

今思うと、両親はよくもまああんな絵画の全集を子供の目に容易に触れるところに置いたままでいたものだと思う。逆にあれはそれを十分意識しての一種の性教育のつもりだったのかも知れません。

加えてその全集の時代が現代にかかってくると、同じ裸婦にしても昔のリアルな描写から外れてルオーやピカソのように極端にデフォルメされた作品が収められていて、それらの作品は余計な想像を刺激してはこず、少年の目には退屈ながら、同じ女の裸を描きながら人間というのはこういう捉え方もするのかと、漠然とながら「表現」というものの本質について教えられたような気もします。

ああした視覚的な情報については現代ではもっと直截で露骨なものが氾濫《はんらん》してしまい、性に関して子供の想像力をそそり、性の甘美な予感を育むなどということはなくなってしまった気がします。

いずれにせよ子供たちにとって性の問題は必然到来してくるのですが、視覚的な情報ということでいえば当節のその種の情報の氾濫は、未熟な子供たちにむしろ露骨に性を強いるようで彼等にとって不幸としかいいようがない。

人間の性は甘美なものでなくてはならない。そこが他の動物の性との決定的な違いなのです。他の動物にとっては性はほとんどただ種の維持保存のための手段でしかないが、人間の複雑な意識は性を他の動物のそれとは違う位相のものに導いていきます。人間の価値の本体たる人間の個性はそれぞれの感性であり、それが育む個々の情念となって表出します。そしてそれが個々の人間の意識を造形します。いずれにせよ人間にとっても究極の手段である性は、それを行う人間の千差万別な個性によって千差万別に彩られる。同じ素材を描いても各人の描く絵がそれぞれ違うのと同じことです。

他の動物と違って我々人間の性が甘美なものとして昇華するためには、矛盾したいい方に聞こえもしようが、快楽の反面に抑制、禁欲があって初めて性は完璧なものになり得るのです。

マルクーゼや、ドストエフスキーの親友だったソロヴィヨフのような性愛に関するかなりラディカルな思想家は、性愛を生殖行為と結びつけずに快楽そのものを第一義としていますが、それでもなお性愛は快楽そのものでありながら、時と場合も構わず当事者の都合だけで行われるべきものではないという意識が前提としてあります。

裏返していうと、つまり抑制、禁欲があって初めて性はより甘美なものになり得るということです。

と、まあ理屈っぽい記述になりますが、私が自分の子供たちの性に関心を持たされた時代と異なり、その息子たちが子供を持ち、彼等、つまり私の孫たちが成長していく将来において彼等の性に関して、私の息子たちはいったいどんな風に考え処していくのだろうか皆目見当もつきません。

善し悪し含めて性に関する情報が氾濫しているこんな時代では、子供たちの性に関するフィーリングは全く違ってしまっているに違いない。現代の若者たちの風俗にあっては、性的関係は当初、ほとんど名刺の交換程度の意味しか持たないようにも見える。

私たちの思春期には性の情報など皆無に等しかった。

終戦の年、まだ中学一年生だったが近くの農村の勤労動員に駆り出され、先生の目の届かぬところだったので、母親が助産婦だった仲間がお産のためのテキストの分厚い本を持ち出してきて、駅まで歩いて帰る途中みんなして顔を寄せ合いむさぼるように覗きこんだものでした。

敗戦から暫くして、あくまで健全な医学書ということでヴァン・デ・ヴェルデの『完全なる結婚』が出版され、みんなしてぼろぼろに磨《す》り減るまで回読したものです。

従兄の一人がそれを入手し、何かで親戚が家に集まった時、敬虔《けいけん》なカソリック信徒の従弟にそれを見せつけ、わざと彼を一人にして彼がそれをむさぼり読みながら神様に十字を切っては本を閉じ、また抗しがたく本の頁を開いて読みだすのを物陰から眺め、声を潜めながらも大笑いしたのを思い出しますが、当節の風潮からすれば児戯に等しいお笑いぐさでしょう。

しかし情報が限られたあの頃のそうした体験は、今から思えばいささか滑稽ながら、なかなか甘美なものがありました。

それに比べての当節の状況の中で、現代の親たちが性に関して子供に教え伝えるべきこととといえばいったい何なのだろうか。

それは、人間の性の究極の境地である甘美極まりない性愛の要件とは何であるかということを、理屈としてではなくあくまでわかりやすい挿話も引いて諭すことでしかあるまい。

それは、性の昇華のための絶対必要要件とは抑制である、ということをこの性の氾濫の時代にこそ日頃平穏に話して聞かせる以外にありはしまい。しかしそれはいうに易いが、いざとなると選ぶ言葉の段階からして極めて難しい。

古今東西の美しい恋愛小説のほとんどは禁欲にも繋がる抑制が主題となっています。あの可憐で痛ましい思春期の悲恋を描いた伊藤左千夫《いとうさちお》の『野菊の墓』のように、古い時代の因習に縛られて身動きならぬまま引き裂かれていく幼い二人が、互いに抱え合っていたものの貴さ。

あるいは人妻への抑えに抑えた純愛の、最後に彼女の死を知って男が彼女一人のために仕組ませた豪華な花火を河原で打ち上げ、たった一人でそれを仰いで彼女をしのぶ中河与一《なかがわよいち》の『天の夕顔』の清廉な恋の、時代を超えた本質的な意味合い。

だがいずれにせよ性の根底に相手への慕情、つまり恋がなくては性はどう高まりもしません。恋愛という人間の始原的な感情の高ぶりは、ある時は抑制をも崩壊させ人生のすべてをその犠牲に供するかも知れない。しかしそうした激情はこの頃では妙な世才や常識に埋没してあまり表れてきません。

しかし抑制を説く代わりに親がそうした破滅にも繋がる激情についてそそのかす訳にもいくまいが、それもまた人間の世の中である選ばれた者としての証しではあるのです。

恋愛とはある限られた一人の相手の匂いを強く嗅《か》ぐことともいえる。性愛は性愛としてだけでも甘美なものたり得るが、それが恋愛となった時いっそう性愛としても甘美なものとなるのです。それはスタンダールがいったように恋愛の一種の昇華作用のもたらすもので、性愛の甘美さはどのように濃いものだろうと、その度清新なものともなる。
アベ・プレヴォーの『マノン・レスコー』の恋人デ・グリューは「恋よ恋！　お前は永久に思慮分別とは折り合ってくれない」と慨嘆しながら、性の中で完全に理性を失いつくし、性を信じられぬほどの官能に変えてしまい、すべてを失う決心に導かれる。そして二人は当時はまだ未開のアメリカまで逃れていき、さらにそこにも居つかれずに荒野に逃れていき、マノンは死に、腐りかけた彼女の体に彼はまだ固執し、ついにはその体を自分の手で土を掘って埋めるのです。

戦後に映画化された『情婦マノン』のラストシーンで、ミッシェル・オークレールの演じたデ・グリューがセシール・オーブリーのマノンの体を両足から逆さに担いであてもなく砂漠を歩いていき、彼女の顔にどこからか腐臭を嗅いで飛んできた大きな蝿《はえ》が一匹止まって離れない。あれは恋愛の、性愛の極致を暗示しぞっとさせる名シーンでした。

などと記すのも所詮は愚痴のようなもので、さてこの時代に我々は、いや若い親たちは子供の性に関して何をどこまで見とり、何を教え、彼等をどこへ誘ったらいいのやら。

先般、青少年の健全育成のための都条例を改正した時、現代の若者たちの、それも主に未成年の性風俗について聴取した、六本木で婦人科のクリニックを営む赤枝恒雄《あかえだつねお》医師の話には驚倒させられました。

ここでは詳述しないが、予想を超えた彼女たちの性風俗は、赤枝医師の言葉通り、決して大袈裟ではなしに「人類の滅亡にも繋がる」ものかも知れません。検診に来る未成年の患者の四分の一以上が性病に感染してい、それを別段恐れることもなく、またある者は無知のままに、感染しているエイズも性病の一つで治療すれば治るものと信じて疑わないそうな。

援助交際などという体裁のいい言葉の綾《あや》に隠れた新しい風俗は実は売春に他ならないが、つまらぬ物欲に駆られて親にもっと小遣いをと迫る娘に、ある母親は年配の相手なら安心も出来るから、「エンコー」してお金を得たらといったそうな。それで売春した相手から性病に感染した娘が患者としてやってきたという体たらくです。

そんな親も含めて、歯止めの利かぬ性風俗の乱れはいったいこの国にこの先何をもたらすのだろうか。

新しい都条例の改正では、限られた密室での試着した下着と、唾《つば》や尿の売買を禁止するとうたいましたが、読めば字の通りのことだが、透かしガラスを通して男から見られていると承知しながら下着を試着し、唾や尿を容器に入れて売ってはばからない若い女の子の性に関する価値観は、善し悪しとかを通り越して、ざらざらに漂白されてしまったものにしか見えはしません。

こんな状況の中で、心ある新しい親たちはどうやって自分の子供を育て、性に関して何をどう教えるのか、なんとも難しい時代にさしかかったものです。

でもうちに限っては安心ですと、はたして誰がいい切れるものかどうか——。

第十四章　息子との旅

息子たちが成長しこちらは老いていく人生の過程で、子供との関わりはいろいろありますが、多分双方にとって長く記憶に残る出来事は一緒にした旅の思い出でしょう。私は流行の先端をいっていた人間だったから、と自惚《うぬぼ》れていうことでは決してないが、しかし、今思ってみると当時としては珍しかった登校拒否のはしりでした。いわゆる受験校に通っていたくせに、受験勉強なるものがなんともつまらなく、ある夏何が理由でか胃腸を壊してほとんど一夏ふいにしてしまった後、体力が回復しないと親にも先生にも嘘をついて一年間学校をサボりました。

その間一週に二、三日は東京に出て芝居やオペラや映画を見て回ったり、展覧会やコンサートにいったりして過ごしました。親の方は薄々気づいていたようだが、父も母もあまりがみがみいわずに勝手にさせてくれ、その間の充実は学校に通うよりも数十倍のものがありました。

そんな一年間のある時、なぜか父に誘われて京都に旅したことがあります。思い返してみると父は、仕事の出張のついでということではなかったし、都踊りも見物し二泊三日の京都見物のままに帰ってきました。いったいなんで父がわざわざ私を、かなり贅沢な旅に連れ出してくれたのか今でもわかりません。あれは父なりの私への一種の情操教育だったのだろうか。

二尊院《にそんいん》では寺の坊主が何を見こんでか山吹《やまぶき》の花束をくれたり、落柿舎《らくししゃ》でも特別待遇でもてなされたのを覚えています。それから間もなく父はみまかりましたが、晩年の父は堂々とした恰幅《かっぷく》で、ソフトが似合い、薄い縁の眼鏡が洒落《しゃれ》ていて、知らぬ相手にもある風格を感じさせたのだと思います。

何よりの思い出?は、これは多分私の一方的な思いこみだろうが、泊まった祇園《ぎおん》郵便局の近くの料亭で、父は芸子相手に遅くまでお酒を飲んでいましたが、先に床に入った私を見届けにきた小綺麗な仲居がなぜだかいつまでも私の側を離れないことでした。

その訳がわからずに、これはひょっとしたら父がまだ童貞だった私に、ここで男になれということでこの仲居に何かいい含めてのことかも知れぬ、ならばここで私の方から彼女の手を握ってひき寄せるべきかべからざるか物凄く迷ったものでした。で結局、思い乱れながら止めにしておきました。

それでもなお、なんであの時彼女がかなりの間私の枕元に居続けたのかわかりません。今もって不思議な気がする。といって次の日父に質してみる訳にもいきませんでした。

まさか彼女が実は父の昔の彼女で、そんな相手にいい含めて、息子を一人前にしてやってくれと頼んだということなのか、どうか。

その後々京都というとその時のことが思い出されてならないが、大学に入って出来た親友で後の摂津水都信用金庫の創始者の大木令司が京都通で、彼にその話をしたらたいそう面白がり確か祇園郵便局の近くという記憶だけを頼りに件の料亭を探し出してくれたものでした。

いずれにせよ父と私だけでしたあの小さな旅は、まだ高校生の私としては過分なものでしたが、それ故にいっそう、旅のさまざまなディテイルがいまだに鮮烈な記憶として残っています。父の自慢のライカで撮った写真の中には、どこかの寺の階段で例の仲居と並んだ父のツーショットまであります。

私も父にいわれて父の背広を仕立てなおしたスーツを着ていて、それがなかなか似合って大したものだった。要するに学校を一年サボったご褒美ということなのだろうか。とすれば父の情操教育は今さらながら大したものだったといわざるを得ませんが。

ということで私もことさら父に倣って息子たちを連れ出し引き回した、ということでもないが、折節にした息子たちとの旅はやはり他の旅とは違った意味合いをもって思い出されます。

弟がまだ元気だった頃、何かの具合でタイミングが合って、家内まで連れて家族全員でヨット旅行をしたことがあります。旅行といっても伊豆七島の新島の属島、可憐で美しい式根島の小さな入り江を独占三泊しての旅だった。私には慣れたものだったが、子供たちは一種のワイルド・ライフを満喫して、叔父さんと初めてする船旅に興奮していました。

小さな入り江を汚さぬように、トイレは全員岸に上って海を眺めながらのネイチュア（野糞）で、それもこれも子供たちにはかなり刺激的な初体験だったでしょう。

無頼のクルーの一人が近くの生簀《いけす》の中に取り残されていた、かなり大きなタカノハダイを潜って手銛《てもり》で仕留めて盗みだしみんなで焼いて食べたり、断崖《だんがい》絶壁の真下にある水中温泉に、半ば命がけで入りに行ったりしたのも子供たちには得がたい初体験だったろう。

特にその頃不眠症気味の次男の良純がすっかりリラックスして、帰りの航海では波を切って進む船首《バウ》の先端に一人座って手をふり何やら大きな声で歌を歌い続けていたものだった。それに気づいた弟が私をそっとつついて教え、目を細めて見入っていたのを思い出します。

誰が備えてのサービスだったのか、帰りの航海には炎天下突然小さな寒冷前線が通過して心地いいスコールを降らせてくれたり、その直後に、どこから来たのか小型飛行機が超低空で我々の頭上をかすめて過ぎたり、その度息子たちは興奮し喚声をあげていました。

あの航海は弟にとってもよほどのものだったに違いない。いまわの際のベッドで交わした私たち二人の会話の中でも、その時だけ目を閉じ思い出にすがるように、うわごとみたいにあの航海の話をしていました。

「なら、体が良くなったらまたいこうじゃないか」

いってみた私に、どんなつもりでかその時だけ目を開いて、

「ああ、いこう」

弟はいい、

「今度はもっとゆっくり時間をかけてな。時間なんてその気になればいくらでも出来るぜ」

いった私に、妙にきっぱりと、

「ああ、時間なんてどうにでもなるさ」

弟はいいましたが、彼が死んだのはその翌々日でした。

彼にとってもあの海の旅は息子たち同様人生の中での心地いいエベントだったに違いない。

船旅といえば、海という地上とは位相の異なる世界に身を置くことで人間は芯《しん》から解放されて、日頃考えない、感じないことがらについて思いを馳《は》せるようになるものです。

私自身、太平洋を渡るヨット・レースなどの折々、自分の一番内側に在る何かを知

らぬ間に洗われていくような気がしていました。

たかだか四十フィートの当時のヨットでは、コックピットのベンチに座りながら手を伸べると太平洋の水をすくえもします。誰かが作ったマイタイやマティーニを啜《すす》りながら行手にまた沈んでいく大きな太陽を眺め、いくら眺めても飽きることのない千変万化の大きな波の姿に見入りながら、太平洋とか地球とか、日頃の地上の生活では考え感じることのない人間の存在の光背について全身で感じとりながらする船の旅をなんとか子供たちにもさせてみたい、いや、させなくてはと思ってきました。

海で味わういわば始原的な感動は、人間にとって生きることのための大きなエネルギーになると思います。私ほど数多くは海に出ない息子たちにしても多分同じことでしょう。そしてそれを無理やりにでも彼等に強いることが、あんな時代に高価なディンギ・ヨットを買い求めてくれた私の父への報恩とも思います。

親子に限らず、親しい者同士での自然にまみえての旅は、それまでの関わりの密度を相乗させてくれるものです。

私の母がまだ六十代の頃、長男の伸晃、次男の良純と三人でカナダ旅行をしたことがあります。旅行会社主催のツアーに参加してのものだったが、見知りの人もいてごく気の置けぬ旅だったようです。

それよりも当時伸晃が二十の大学生、良純が十五の高校生で背丈もすでに高く、親の欲目ではないがかなり見栄えのする孫二人を従えてする旅の折節に、「素晴らしいお孫さんをお持ちで、嬉しいでしょう」と持ち上げられ母も満足極まりなかったようで、以来私を通り越してすっかり孫煩悩となり、彼等もそれにつけこんで、私の知らぬところで過分の小遣いにありついていたらしい。

いずれにせよ旅は自然にまみえてする方が、名所旧跡を巡るよりも望ましい気がする。という思いこみで思い立ち、ある夏息子の一人と夜中に起きてある街道をある小高い山に向かって歩き、その頂で何百年に一度とかいう火星と金星の大接近を眺め、その後隣の町の神社の池で、その季節の早朝にしか開かぬという蓮《はす》の花の蕾《つぼみ》が高い音とともに開きあっという間に大きな花となるのを眺めたことがあります。

たった一度でも夜が明け朝となるこの世の変化を全身で感じとるというのは、親からの説明なんぞ全く不要に、宇宙を包む「時間」なるものを感得させるいい体験だと思います。それが後々何にどう役に立つかなど別にして、彼等の人生にとってきっと何ものかを植えつけもたらすに違いない。

自然との関わりなしにしても、昔から「可愛い子には旅をさせよ」という通り、一人でする旅や生活は確かに子供に家庭で出来ぬ何かを培ってくれます。

私の家では長男、三男、四男の三人に短期ではあるが留学を経験させました。決して贅沢なものではなしにごくごく切り詰めた形でだったが、社会人になる前に家庭を離れて外国で他者とまみえるという経験は何らかのものを培ってくれたはずです。親元を離れての外国暮らしというのは、全く見知らぬ他者との関わりを強いられ、それも異国という場であるために当人の自我の強化のためには格好のものと思う。

それぞれの家庭の経済事情にもよろうが、あらかじめ子供と協定して最低限の支出で行うようにしたため、彼等もそれぞれの工夫で生活をまかない、家にいる時よりも自らに倹約を強いることになりいい経験ともなったろう。

それでも、大学に行きながらの留学が贅沢とされるなら、自衛隊なり消防庁なりあるいは介護施設に入って、丸一年、夏や冬の休みなしに他の隊員と同じ条件で過ごすという経験もなまじの留学なんぞよりも大きな成果をもたらしてくれると思う。要はまず親の決心の問題です。

次男の良純だけは留学の経験がなかったのでよくぼやきますが、その代わり彼は、俳優になるというので弟がいい出し彼の石原プロなるものに参加させましたが、この会社は弟や渡哲也といった既存の大スターによりかかっているだけのもので、新人を育てるなどということにはほとんど関心がなく、彼のキャラクターを無視して『西部警察』とかいう乱暴杜撰《ずさん》極まりないシリーズに組みこむだけで何の手筈《てはず》を整えてくれもしなかった。

その間の彼のジレンマと焦りは、今になってみると彼の人生のための強く大きなバネになっているとも思います。

三男の宏高も留学で彼一人しか出会うことのなかった得がたい経験をさせられました。最初はボストン大学の寮に入っていたのですが、折からボストンに亡命していた私の親友のフィリッピンのベニグノ・アキノ上院議員がそれを知って彼を自分の家に引き取り逗留《とうりゅう》させてくれました。しかしその途中でフィリッピンの政情が変化し、独裁者のマルコス大統領の基盤がようやく揺るぎだし、それに刺激されてアキノはにわかに帰国し次の大統領選挙に出馬する決心に傾いていきました。

私は別の戦略でマルコスの打倒を考え建言して彼のためにいろいろ算段していましたが（詳しくは拙著『暗殺の壁画』〈幻冬舎文庫〉を読んで欲しい）、彼はかたくなにフィリッピンのデモクラシーの成熟を信じていて、かつ老いて衰えたとはいえまだまだ巨大な力を備えていたマルコスを見くびり、次の選挙で彼を倒すことが出来ると主張していました。

その間ボストンの家での、私と意見を同じくするコーリー夫人と、帰国をしきりに焦るアキノとのいい争いを同じ家の中にいる宏高は何度となく耳にし胸を痛めていたそうな。

そしてついに彼が帰国を決心し、それを私にも伝えてきてある協力を依頼してきましたが、その帰国の日時を聞いて私の家内が「気学」からするとそれは最悪のタイミングだから、あなたからいって他の日時に変更させろといい出しました。

家内はいささか気学に通じていて、私は時々何かで妙に気になるような時彼女にお伺いを立てることがあったが、その時も何やら図式や事例で示され、これは珍しいほど最悪のタイミングで、この月この日この時間にこの方角のマニラに向けて帰れば必ず彼は死ぬことになるといわれ、彼女を盲信するつもりはないが、なぜか心乱れてならなかった。

で、もともとこの計画は時期尚早として反対していたのだし、せめて半年でもずらすように忠告の電話をボストンまでかけました。

しかしカソリック教徒の相手に英語で「気学」なるものについて説明することほど難しいものはない。大体、「五黄」などという年回りなんぞ日本語で聞かされても私にはよくわからない。だからせめて「暗剣殺」なるものから始めてみたが、ダークネス、スオウド、キリングと並べてみても意味は通じるが、それが複合的に何を意味するかなどは土台通じる訳もない。その内彼の方が、

「お前気は確かか、そんなことで人間の運命が判断出来たらアインシュタイン以上だぞ」

と全く取り合われずに終わってしまいました。

しかしマニラ到着の前夜、台北に偽名で滞在していた彼から電話がかかり、あることの依頼を受けた後、彼の到着はすでに知れてい、マニラの空港では偽の犯人を仕立

ててその場で彼と一緒に射殺する二重構造の暗殺（ダブル・ストラクチュアード・アサシネイション）が準備されているという確かな情報が入ったと彼自身から知らされました。そして、

「慎太郎、これがあるいは俺たちの最後の会話になるかも知れない。俺がマニラで生きて仲間たちに会う可能性は多分三十パーセントだろう」

彼はいいました。

その言葉の通り、翌日の午後彼はマニラ空港で偽犯人に仕立てられたガルマンというやくざ者と一緒に、マルコスの差し向けた兵隊たちによって射殺されました。

まさに家内の予言通りに。

そして、その強引な暗殺が引き金となり独裁者マルコスは民衆の怒りを浴びて失脚し、結果として夫人のコーリーが大統領となりました。

彼女の大統領就任式に私と三男の宏高は招かれて出席しましたが、その後二人して郊外にあるアキノのお墓にお参りしました。そして二人して、思わず石の墓を抱きしめさすりながら声を放って泣いたものでした。

その宏高は勤めていた日本興業銀行が消滅してしまい、今は政治家として頑張って

いますが、政治家たらんとする者にとっての何よりの教訓、真の政治家は国家民族のためにこそ生きて死ぬのだということを、あのアキノからこそ学んだに違いない。それこそあの旅での最大の収穫といえるでしょう。

やはり、可愛い子供には旅をさせろ、ということです。

第十五章　息子の結婚と新しい家族たち

平成十六年の四月に末っ子の延啓が結婚し、わが家の息子四人すべてが所帯持ちとなりました。

順番は長男、三男、そして大分遅れて次男、そして最後に四男ということです。

一番心配したのは次男の良純で、仕事の都合もあってなかなかその気になろうとしない。で、四十になっても結婚しなければ勘当するからといい渡していました。

その効果あってか、という訳でもなかろうが、私の脅し文句を聞いた長男が、自分の奥さんを良純から紹介された借りもあってか発奮し今度はお返しにと候補者を紹介しました。まだ二十代の皮膚科のお医者さんで済生会《さいせいかい》病院の勤務医、慶應の医学部を優秀な成績で出た才媛《さいえん》。しかも高校時代に短距離の記録を持つアスリート。たちまち波長が合い、結婚と決まり親としてはほっとさせられました。

結婚が親孝行になるという実感を息子ではなしに、私たち親の方が味わうというのも妙な話だが、ともかく安心、という贈り物は親としても有り難い。

長男と三男の結婚式はしかるべき仲人を立ててのごく当たり前の結婚式でしたが、次男と末っ子はそうした様式を拒否して仲人なんぞ要らぬということで、披露宴も新郎新婦二人だけがメインテーブルにという訳にもいかず、両家の親たちが新郎新婦の脇に座るというかなり型破りのものとなりました。しかしそれも、よくある仲人の何やら長ったらしい両家の紹介だとか、新郎新婦についての、まさに仲人口の歯が浮くような褒めたたえだとかが無しにすんだので案外好評でした。

大体日本の結婚式なるものは妙に荘重丁寧すぎて、参加した外国人なんぞにいわせるとまるで葬式みたいだとも。そうだろう、肝心の親しい友人たちのメッセイジの頃になるともうお開きに近いというのがパターンで、その前に両親の関わりのいわゆる偉い人たちの話が延々と続くのだから。

だから長男、三男のホテルでの仲人を立てての結婚式の時も、私から厳にホテル側にいい渡したことは、とにかくさっさと料理を出して式そのものを短く上げろということでした。だから式の後日、客として出席した人たちからしきりにいわれたのは、「いや、とてもいい結婚式だった。とにかく短くって助かった」ということでした。

次男、四男の場合には、ホテルの神殿なんぞでの挙式は空々しくって嫌だということで、両家の親たちが同伴して伊勢神宮に参拝し神前で彼等自身が報告祈念するということになりました。

いずれにせよこれで息子全員がそれぞれの家を構えるということになり、親としての彼等への責任は一応終えたということにはなります。

別にそれでことさらほっとしたということではないが、家に誰もいなくなるとにわかに閑散としてきてなんとなくもの寂しい。そう感じながら思い当たるのは、よくテレビの記録番組で見る動物たちの生態の中で、せっせと餌を運んで育てた親鳥の努力の甲斐あって、やがて雛たちが巣立ちしていく情景です。

動物たちは種の保存という本能に駆られてのことだろうが、人間には感性がありそれが醸し出す情念があるから、子供たちが巣立っていって、はいそれで終わりという訳にはなかなかいかぬ節があります。

動物の親たちは巣立っていった子供たちとまたどこかで行き合うこともあるのだろうが、その時、ああこれは私の子供だとはたして識別出来るのだろうか。子供は本能的にこれが自分を育ててくれた親だと感じとることがあるのだろうか。無いとすれば味気ない話で、ただ種が残ればそれでいいというものではあるまいに。

その点、人間の親子というのは巣立ちした後もいろいろあって面白いし、有り難くもある。

結婚し一家を構えた子供のそのまた子供との出会いへの意識も人間ならではのものに違いない。


私自身の存在に関わる環の連なりの一環として、初めての孫が生まれた時、さして思い詰めた問題意識を抱えてきた訳ではないのに、この子がさらに成長し結婚し子供を産み、その子がさらにまた結婚して子供を産んだ時、つまりこの孫がやがて彼女の孫を持つまではたしてこの地球はもつだろうかと、なぜか強く思いました。

その意識は今ではますます強いものになってきています。あちこちでいったり書いたりしてきましたが、二十五年前に、あのブラックホールの発見者である宇宙物理学者ホーキングの講演を東京で聞いたことがあります。彼自身は不治の病筋萎縮《きんいしゅく》性側索硬化症にかかっていてもう声も出ずに、かろうじて動く指先でコンピューターのボタンを押し人造声での講演でした。

その後質問が許され、誰かがこの宇宙全体に地球くらいの高度の文明を持った惑星がいくつくらい在るのだろうかと質し、彼は言下におよそ二百万くらいだろうと答え皆が驚いた。そして次の質問者が、ならばなぜ我々はそんなに数の多い文明を持つ惑星からやってくる他の生物やそれを乗せた宇宙船を実際に目にすることが無いのだろうかと尋ねたら、またも彼が言下に、

「そうした惑星は、文明のもたらす不自然な循環に犯され極めて不安定なものとなり、宇宙全体の時間からすればほとんど瞬間に近い内に崩壊、自滅するからです」

と答え、私はそれを強い印象で聞いたものでした。

もとより、天才とはいえホーキングは神様ではないから、彼の予言が全く正しいとは誰にもいえはしまい。しかしなぜか私にも同じような強い予感があります。その感は今ではますます強くなってきている。

先年ある出版社が世界中の、分野を分かたぬ専門家たちへのアンケートを行ったことがあります。質問は、この地球は我々の存在の場としてあと何年ほどもつだろうかというものだったが、なんと答えの八十パーセントはあと百年足らずということだった。

この地上の生物で自らの存在とそれに関わる時間についての意識を持つ者は人間しかいません。つまり人間が消滅してしまえば、その後カラスやゴキブリがいくら数多く残って生存し続けても、この地球を地球として認識する者は絶無となる。存在の対象として認識されぬ惑星は最早存在しないと同然なのです。

いささか難しい話題となったが、初めての孫を眺めながら私が感じたことは、私をその一つとして組みこんだ存在の環はこの先いったいどこまで続くことが出来るのかという改めての強い危惧《きぐ》でした。

それともう一つ、最初の孫が女の子だったためにある瞬間私は思わず動転させられたものです。私とて、何もかも女房まかせとはいかぬと母親からもたしなめられて、赤ん坊を寝つかせるための子守りやおしめ交換の手伝いくらいはしたことがあります。

そんなことで、最初の孫のおしめの交換を初めて横から覗いて見た時図らずも動転させられました。つまりわが家の息子たちに関しては見慣れていたのだが、孫の場合となるとあるべきものが無い。「ええっ！」と思いながら自分をたしなめたものです。それはそうだろう、この子は男の子ではなしに女の子なのだと。

そう覚りなおして眺めなおした時、改めて私という存在に関わる環が明らかに広がったという実感がまた強くありました。なぜか男ばかりだったわが家に、一つ次の代ともなれば、こうして女の子が生まれてきたという、大きな変化にのっとった存在の環の繋がり広がりの強い実感でした。

今限りで私には孫が六人いますが、それらの孫のすべてと私が、やがて一人前の人格を付与された者同士として会話を持つことは不可能に違いない。人生に与えられている時間の幅はそれを許しはしまい。その限りでいえば、私が彼等に何かを自分の手や言葉で確かにバトンタッチして渡すということは難しいでしょう。

しかしそれは存在の環としての循環ということからすれば当たり前のことで、私なる環が次の環である子供たちと並んで、その次の孫という環と直《じか》に繋がるということは形としても不自然に違いない。

よく、子供よりも孫の方が可愛いと聞かされるが、それは親と子という直の関わりとは違って、大方責任なしに気ままに接することが出来る気安さのせいで、子供たちとの関わりとは明らかに質が違うし位相も違います。

いつだったかやんちゃでなかなか男前の孫とその母親たる息子の嫁を前に、誰かから、

「お孫さんは可愛いでしょう」

といわれ、つい、

「いやあ、やっぱり子供の方が可愛いし、いつまでも気になりますよ」

と答えてしまい、嫁はそう聞いて困ったのか聞いて聞かぬような顔でいましたが、やっぱりそれが本音でしかない。

その時思い出したのは母親がまだ存命中に、母のいる離れに息子の一人を連れていって息子について何やら報告し話しながら、

「こうやって見ると孫は可愛いでしょう」

いった私に、

「でもね、私にはお前の方がよっぽど可愛いよ。子供は子供、孫はただ孫よ」

さらっと母がいってのけ、私としては側にいるまだまだ幼い息子を気にしながら、それでも、さもありなんと思ったことでしたが。

四人の息子はそれぞれ独立しそれぞれの仕事に励んではいますが、こちらとすれば相も変わらず何かと気にせずにはいられない。長男と三男の政治家にせよ、次男の俳優にせよ、末っ子の画家にせよそれぞれ手がけたことのある仕事だから口を出しやすいし気がつくことも多い。

銀行員だった三男も肝心の勤め先の興業銀行が消滅合併してしまったので、それを機に長男に倣って政治家たらんと挑戦し、二度目にはなんとか当選を果たしましたが、時代も変わり人の心も変わってくると、選挙のためのアドバイスもあまり自信をもって伝授出来るものではない。

もっとも長男の伸晃が最初に行革担当の閣僚を務めている時、総理にいわれた言葉通りサンドバッグみたいに叩かれているのを見て、それも相手は野党ではなしに与党のいわゆる族議員どもなので見兼ねて、中でも一番えげつないSという議員のいい方には私も腹がたったから、伸晃に自分が昔何度かやったように院内で相手をつかまえて殴ってしまえといったことがある。

議会の中というのは議会開催中は一種の聖域となっていて警察権が及ばない。だから昔は年中乱闘があったたし、殴り合いで殴られてもそれを一々司直に届けて出るなどということもありはしなかった。極端な話、仮に院内で殺人事件が起こっても、その犯人の議員を逮捕するためには逮捕請求を議長に申しこみ、院としての議決がないと院内での逮捕は出来ないのです。

ということで昔はかなり激しい肉体的摩擦があったものでした。そしてそれで殴り倒され負けた方がその後おとなしくなるというのが通弊だった。

その経験から彼にそうそそのかしてみました。何しろ彼は少林寺拳法の四段だから、殴らなくともひねり倒すことくらいは簡単なはずだ。で彼にそうそそのかした後、Sの親分筋の実力者N議員にある席で顔を合わした時、今後Sへの抑止にもなるかと思い、息子にしかじかいっておいたからSにはあまりいい気にならぬ方が身のためだと君からいっておいた方がいいと思うけどねといってやりました。

面白かったのはそう告げただけで親分のNの方が、

「それはいかん、そんなことをしたら伸晃さんのためによくない。そんなことは絶対にさせちゃいかんよ」

顔色を変えていう。

「馬鹿いえ、昔はよくあったことだ。その方が息子のイメイジも変わって少しは強持《こわも》てするようになるさ。そういうところだろ、政界というのは」

いったら、なお、

「それはいかんよ、そんなことさせちゃいかん」

「するかしないかは当人次第だが、いっておくけどあいつは少林寺拳法は四段だからな」

という次第を改めて伸晃に電話してやったら、親の心子知らずで、

「大丈夫、私はそんなことは絶対にしませんから」

「なぜだ、それが一番早いんだよ」

「それはわかってるけど、私はいたしません」

「なぜだね、せっかくNにもそういってあるんだから、堂々とやれよ」

「やりません、僕は」

「なぜだ、せっかく身につけた技はいつかみたいに親に向かってではなしに、こういう時にこそ使えよ」

「いえいえ、決していたしません。私はかねがね父上を反面教師にしておりますから」と。

小癪《こしゃく》な話で、父親としては大いに不満だったが、しかし間もなくSは外務省の予算関係のスキャンダルで逮捕されてしまい、Nもまた政界から引退してしまいました。

それにしてもこの私が、どういう点で彼の反面教師なのか反省のためにもいずれゆっくり聞かしてもらいたいと思っている。

しかしまあ、今さら息子から何をいわれても反省するには遅すぎるし、この自分がどう変わるものでもありはしない、また変えられるものでもないと思っていますが。

しかしやはり彼はあのSを院内で、殴り倒すかどうかは別にして、一度技を使って逆さにし廊下に這いつくばらせるべきだったと思っている。それが政界などという狭い世界でどういうイメイジを増幅させるかは目に見えている。

彼はどんなきっかけでか政治家の中では金融財政の識者の一人になっていますが、そうした政策の上での見識に加えて、場合によっては相手を逆さにしてしまうワイルドな何かを、見掛けによらず備えているというのを示すのはこれからの人生にとって絶対に必要なことなのだ、ということを知っているのは人生の先輩たる父親の知恵であり見識なのに。

良純が初舞台を踏んだ三島由紀夫の『朱雀《すざく》家の滅亡』の折も、彼の相手役の主演女優が急病で倒れ、他の女優が起用されたが初日が迫っていて演出家がそっちにかかりきりになってしまい、せっかくの彼の役への演出が今一つ足りていない。

二幕の最後に、侍従長の息子の彼が玉砕を覚悟して最前線の激戦地に赴いていく親子の別れ際に、どうも演出がもの足りず、家に帰ってから私が案を出したら良純の方が気兼ねして躊躇するので、かまわぬから明日の稽古の時黙ってやってみろ、それで演出家が何かいったらその時はその時だが黙っていたら彼も納得したことになる。大体こんな状況の中でカリカリしている演出家は、自分がお前にどんな演出をしたか覚えてなんぞいはしないよといってやり、彼もそれなら一つやってみようかという気になりました。

余計な台詞を私が付け足した訳ではなしに、舞台正面の月光に照らされる海を背景にしたテラスの奥に海軍士官の正装をした彼が許婚《いいなずけ》と一緒に消えていく。

その際、ただ黙って頷いて立ち去るのではなしに、握っていた彼女の手を一度放して、正面きって両親に胸を張って向きなおり、黙ってゆっくり凜々《りり》しく敬礼して立ち去る。それだけのことだが、そんな簡単な動作にこめられたものはなまじの台詞よりもずっと重いはずです。

　ということで舞台稽古でそれをやってみた彼に演出家は何もいいはしなかった。案外、演出家としては感動が高まり自分自身の演出効果と勘違いしてしまったのかも知れない。そして本舞台での彼のその場の演技は抜群に立ちました。

　そして、それを眺め見送る父親の、

「ああ、あの二人は月の光の中に溶けていってしまった」

　という台詞の余韻は今までの倍の倍になったと思う。

　家で一番理屈屋の彼がその後何もいわなかったのは、さすが親父は親父だなと覚った故に違いない、と私は自負しています。

　何といっても、亀の甲より、年の劫なのだ。

　しかし親子でも逆に子供に親が救われるということもあります。

　末っ子の延啓がまだ結婚する前、家に一人いた彼とは暇な折にはお互いに待ち合って食事することにしていました。彼は兄弟の中では一番寡黙だが、兄弟同士いい合ったりする時横で聞いていると一番はっきりと手厳しく、本質を突いた発言をしている。

そしてその時、何のはずみでか彼が、

「しかし、お父さんというのは世間からは理解されにくい人だよねえ。自分でもそうわかっていて、もう気にもしていないでしょ」

いかにもその通りで、私としても黙って頷くしかありはしなかった。

そしたら、

「あるいは死んでからも正当な理解は得られないかも知れないね。でも、それでいいじゃないですか」

さらにいわれれば、

「ああ、それで結構だ」

私も頷いてみせました。


それともう一つ、ある時、政治がらみの会話の中で、ふと、

「わかってないんだよな連中は。右とか左とかそんなもんじゃなくって、お父さんは、政治家としてはただただリアリストなのになあ」

その時も私は、ある痺《しび》れるような感動のままそれを聞いて、黙って頷いていました。

それはいってみれば、私が息子から逆にある授記を与えられたようなものです。私自身この年になってみて思う、というより今では確信しているが、私がこの世の中で果たしてきた役割は、最初の小説に始まって、政治の世界においても、大きなトンネルを掘って開ける時、一番先に壁を突き抜けて向こうの世界に繋げる細くても確かな鑿《のみ》の先端ともいえるに違いない。

それを他ならぬ、血の繋がった息子が私の人生の総体として本質的に理解してくれているということの嬉しさ、というか私一人の、しかし大きな満足。それはどんな高級な叙勲なんぞよりも有り難く嬉しい、私が生まれて味わうかけがえない、なんとも深くしみじみした感慨でした。

その満足といおうか、その安息の中で私が感じとっていたものは、私の存在にとってこうして確かな環が在るという、改めての強い実感でした。

それを抱かずに人間は、確かに生きることも出来ず、死んでいくことも出来はしまい。

この作品は二〇〇五年十一月小社より刊行されたものです。

幻冬舎文庫

●最新刊
社外取締役
牛島　信

大学で日本史を教える高屋はある日、大手企業の依頼で社外取締役に。だが、この安請け合いが彼の人生を狂わせる――。真のコーポレートガバナンスのあり方を問う、企業法律小説の傑作。

●最新刊
内館牧子の仰天中国
内館牧子・文
菅洋志・写真

今、食材の危険性など仰天報道にさらされている中国。だが、「愛すべき仰天」も何と多いことか！　香港からシルクロードまで縦横無尽に渡り歩き、笑って怒って惚れた中国の仰天エッセイ。

●最新刊
公事宿事件書留帳十二
比丘尼《びくに》茶碗
澤田ふじ子

黒茶碗を譲り受けた縁で、妙寿尼の窮地を救おうと立ち上がった田村次右衛門と宗琳。菊太郎らに相談することなく実行した計画は、はたして実を結ぶのか？　傑作時代小説、シリーズ第十二集。

●最新刊
勝海舟　私に帰せず(上)(下)
津本　陽

一介の小普請組から幕閣に昇りつめ、戊辰戦争で江戸城無血開城を実現。維新の陰の立役者となった男の信念とは？　幕末期に日本再生の礎を築いた稀代の政治家の生涯を描く傑作史伝。

●最新刊
置き去りにされる人びと
すべての男は消耗品である。Vol.7
村上　龍

「昔は懐かしいが、今よりも良かったとは思わない」――。社会に対する違和感や怒りを抱える村上龍が、個人として生き抜くための強力な道しるべを示した、現代人の必読書。

子供《こども》あっての親《おや》

——息子《むすこ》たちと私《わたし》——

石原慎太郎《いしはらしんたろう》

平成19年10月10日　初版発行
令和3年12月10日　2版発行

発行人——石原正康
編集人——菊地朱雅子
発行所——株式会社幻冬舎
〒151-0051東京都渋谷区千駄ヶ谷4-9-7
電話　03(5411)6222(営業)
03(5411)6211(編集)
振替00120-8-767643
印刷・製本—図書印刷株式会社
装丁者——高橋雅之

検印廃止
万一、落丁乱丁のある場合は送料小社負担で
お取替致します。小社宛にお送り下さい。
本書の一部あるいは全部を無断で複写複製することは、
法律で認められた場合を除き、著作権の侵害となります。
定価はカバーに表示してあります。
Printed in Japan © Shintaro Ishihara 2007

幻冬舎文庫

ISBN978-4-344-41015-2　C0195　い-2-9

幻冬舎ホームページアドレス　https://www.gentosha.co.jp/
この本に関するご意見・ご感想をメールでお寄せいただく場合は、
comment@gentosha.co.jpまで。